사령왕 카르나크 9

2024년 2월 16일 초판 1쇄 인쇄
2024년 2월 21일 초판 1쇄 발행

지은이 임경배
발행인 김관영

기획 이기헌 왕소현 임동관 박경무 강민구 조익현
책임편집 백승미
마케팅지원 이원선

발행처 (주)로크미디어
출판등록 2003년 3월 24일
주소 서울시 마포구 마포대로 45 일진빌딩 6층
Tel (02)3273-5135 **Fax** (02)3273-5134
홈페이지 rokmedia.com **E-mail** rokmedia@empas.com

© 임경배, 2023

값 9,000원

ISBN 979-11-408-1409-1 (9권)
ISBN 979-11-408-1400-8 04810 (세트)

사령왕 카르마크

9

임경배 판타지 장편소설

CONTENTS

리치 슬레이어

달빛이 비치는 밤하늘 위로 칠흑의 기운이 아지랑이처럼 퍼져 나간다.

말로카를 올려 보며 사령술사들이 안도한 표정을 지었다.

"말로카 님!"

"사, 살았다……."

그리고 그 표정 그대로 머리통 2개가 팽그르르 돌아 땅으로 곤두박질쳤다.

"컥!"

"끄어어……."

바로스가 둘의 목을 가차 없이 베어 버린 것이다.

놀란 레번이 그를 돌아보았다.

"이들을 죽여도 되는 겁니까?"

제압한 사령술사들을 함부로 죽여선 안 된다. 이는 킹스오더의 상식이다.

바로스가 무심하게 대꾸했다.

"함부로 사령술사를 죽여선 안 되는 이유는?"

"네? 그야……."

사령술에는 죽은 자를 불러 대화하는 수법이 있으니, 함부로 유령 상태로 만들면 오히려 정보가 유출되기 때문이지.

순간 레번은 자신이 멍청한 소릴 했음을 깨달았다.

눈앞에 말로카가 둥실둥실 떠 있는데 무슨 정보 유출을 신경 쓴단 말인가? 이미 다 들통났구만.

부하들의 죽음에도 말로카는 별 반응을 보이지 않았다.

뎀피스 때와 비슷하다. 어차피 언데드로 되살리면 그만이라 생사에는 별 관심이 없는 것이다.

상대를 노려보며 세라티가 속삭이듯 물었다.

"작전을 간파당한 건가요?"

"그건 아닐 거야."

역시나 말로카에게서 눈을 떼지 않은 채, 카르나크가 고개를 저었다.

"그랬다면 처음부터 우릴 기다리고 있었겠지."

저택을 떠났었던 것은 분명하다.

문제는 어떻게 이렇게 빨리 돌아왔냐는 것.

일행을 내려다보며 아크 리치가 무심한 목소리를 흘렸다.

"제법이더구나. 완전히 속아 넘어갔어."

실제로 거의 영지 외곽까지 철수하는 탈환군을 추격해 갔다. 그러다 뒤늦게 저택이 공격받았다는 사실을 깨달은 것이다.

"사령술에 대해 잘 모르는 모양인데, 술사는 결계와 연결되어 대략적인 상황을 전달받을 수 있느니라. 네놈들이 열심히 결계를 부수고 있는데 어찌 모르겠느냐?"

이해가 안 간다며 카르나크가 인상을 구겼다.

"그렇다 해도 어떻게 벌써 돌아온 거지? 한나절 이상 거리를 벌렸는데."

짧은 대꾸가 돌아왔다.

"날아서."

제스트라드 저택에서 영지 외곽은 상당히 먼 거리다. 군대를 이끌고 진군하려면 필히 한나절 이상은 걸린다.

하지만 단신이라면 이야기가 전혀 다른 것이다.

빠른 말로 달리기만 해도 반나절 이하로 줄어든다.

하물며 9서클의 마스터가 날아서 돌아오면 반 시간으로 충분하다. 아무 장애물 없이, 최단거리로 날아올 수 있으니까.

"이 생각은 미처 못 한 모양이구나?"

상대의 비아냥거림에 카르나크의 안색이 더더욱 굳어 갔다.

그를 내려다보며 말로카는 내심 웃었다.

"오히려 잘됐군."

진짜 목표는 카르나크 단 1명이었다. 이 영지를 점령한 이유도 그를 유인하기 위함이었을 뿐이다.

"이걸로 깔끔하게 임무를 완수할 수 있게 되었어."

카르나크 일행이 굳은 얼굴로 전투태세를 취했다.

말로카도 황금 지팡이를 겨누며 마력을 끌어 올렸다.

"순순히 항복하는 게 서로 편하지 않겠나?"

무시무시한 마나가 사방으로 요동치기 시작했다.

"어차피 결과는 달라지지 않을 것인데."

***

"필요한 건 1명뿐이다."

아크 리치가 뼈로 된 손가락을 가볍게 까닥인다.

"나머지는 태워 버려도 무방할 터."

불꽃이 춤을 추며 허공에 마법진을 그렸다. 그리고 이내 강렬한 전격을 토해 냈다.

콰콰콰쾅!

일곱 줄기 번개가 빛의 뱀이 되어 대지를 질주한다. 폭음이 어둠을 뚫고 맹렬히 울려 퍼진다.

기겁한 카르나크 일행이 방어에 나섰다.

"윽!"

"피해!"

레번과 라피셀이 허겁지겁 옆으로 뛰었다. 아슬아슬하게 뇌전이 스쳐 지나가며 대지가 파였다.

파헤쳐진 흙더미가 잿더미가 되어 흩어진다. 그러고도 잔여 위력이 남아 사방으로 전격이 튄다.

파지지직!

이를 세라티가 막아 냈다.

청색의 오러가 아름다운 호선을 그리며 전격들을 튕겨 냈다.

"이 정도쯤이야!"

그 틈에 바로스가 앞으로 나섰다.

오러의 사슬이 풀리며 붉은 칼날이 허공으로 솟구친다.

차르르륵!

날아드는 사슬검을 보며 말로카는 코웃음을 쳤다.

"가소롭다."

어둠의 장막이 아크 리치의 주위를 감싸, 날아든 사슬검을 튕겨 내 버렸다.

목표가 공중에 떠 있다 보니 거리가 너무 멀어 제대로 위력이 전달되지 않은 것이다.

"그럼 끌어내리면 되지!"

카르나크가 완드를 휘두르며 혼돈마력을 끌어 올렸다.

"바람의 춤이여, 휘몰아쳐 모든 것을 휩쓸어 버려라! 게일 사이클론!"

로브 자락이 휘날리더니 이내 거대한 돌풍으로 화했다.

맹렬한 회오리가 굉음을 울리며 공중의 말로카를 덮쳐 갔다.

하지만 여전히 별 소용은 없었다.

돌풍은 말로카의 옷자락만 펄럭일 뿐, 본체엔 아무 영향도 주지 못한 것이다.

"이 정도로 이 몸을 끌어내릴 수 있을 것 같으냐?"

비웃으며 말로카가 다음 마법을 준비하던 때였다.

"아니."

마찬가지로 웃더니, 카르나크가 완드를 높이 쳐들었다.

"하지만 얘를 부를 시간은 벌었지!"

돌풍이 불길로 바뀌며 사방을 밝히기 시작했다.

"와라, 엘 라그나티아!"

화르르륵!

대기가 일렁이며 거대한 화염의 정령 거인이 모습을 드러냈다.

이번에는 말로카도 확실히 당황했다.

'정령술? 저놈이?'

뎀피스와 똑같은 반응이었다.

'사령술사가 무슨 수로 정령과 친하게 지낸다고?'

9서클의 마스터인 말로카도 정령술은 제대로 구사하지 못하는 것이다.

언데드인 지금은 물론이고, 살아생전에도 정령 소환 자체는 쉽게 해냈지만 그 정령을 부리는 데는 끝끝내 실패했다.

고오오오!

정령 거인이 포효와 함께 불의 숨결을 토해 냈다.

날아드는 화염을 향해 말로카가 지팡이를 내밀었다.

콰아아앙!

폭음과 함께 어둠의 장막이 불길을 가로막으며 거세게 흔들린다.

그렇게 화염을 막아 내며 말로카는 혀를 차는 시늉을 했다.

"에잉, 정령은 귀찮은데……."

정령술은 워낙 제약이 큰 대신, 마법 수준에 비해 위력이 월등히 높다.

7서클의 정령 거인이라면 어지간한 8서클 후반 마법과도 대등할 정도다.

물론 어디까지나 귀찮은 수준일 뿐, 9서클의 마스터인 말로카를 위협할 정도는 아니지만.

"금방 꺼트려 주지!"

수계 마법으로 화염 거인의 몸통에 거대한 구멍을 뚫어 놓을 때였다.

카르나크가 한 번 더 완드를 높이 쳐들었다.

"와라! 엘 테라스티아!"

쿠쿠쿠쿵!

대지 일부가 파헤쳐지고 그 자리를 암석의 거인이 대신했다.

울퉁불퉁한 암석으로 이루어진 피부, 산봉우리처럼 솟은 머리와 어깨의 뿔, 몸통 역시 바위와 바위가 유기적으로 연결되어 마치 근육질 사내처럼 보인다.

얼핏 골렘처럼 보이지만 훨씬 생동감이 있는 모습이었다.

"또? 제정신인가?"

이번엔 아무리 말로카라도 경악할 수밖에 없었다.

엘 라그나티아를 소환한 상태에서 대지의 정령 거인을 또 불러낸 것이다.

아, 물론 부르는 건 어렵지 않다, 부르는 건.

"제어가 될 리 없잖아!"

정령을 동시에 다룬다는 건 단순히 제어 난이도가 2배가 된다는 의미가 아니다.

말 안 듣는 애가 하나에서 둘로 늘어나면 고생이 단순히 2배로 늘어나던가?

'말을 들을 리가 없어! 둘이 서로 싸우지나 않으면 다행인데?'

현실은 그렇지 않았다.

가슴팍에 구멍이 난 화염 거인이 재차 포효하며 불길로 상처를 메운다.

　"크아아아!"

　반대편에서 바위 거인도 쿵쿵거리며 달려온다.

　"고오오오!"

　두 정령 거인이 허공을 가르며 거대한 손아귀를 뻗어 왔다.

　명백히 말로카를 노리고 협공하는 모습이었다.

　더 이상 만만하게 볼 때가 아니다.

　영기로 이루어진 아크 리치의 눈동자가 침착한 빛을 띠었다.

　'일단 이놈들부터 처리해야겠군.'

　두 정령 거인의 공격이 말로카를 덮쳤다.

　화염의 주먹이 대기를 끓여 열기를 퍼뜨린다. 대지의 주먹이 지면을 갈아 파편이 사방으로 튄다.

　공세를 피해 날아든 말로카가 황금 지팡이를 휘둘렀다.

　"일단 네놈부터!"

　공기가 꿈틀대며 마나의 파동이 사방으로 퍼졌다.

　파아아앙!

　동시에 엘 라그나티아의 화염이 방향을 바꿔 엉뚱한 곳, 대지의 정령 거인에게로 흘렀다.

　화르르륵!

바위로 된 몸체가 화염에 뒤덮여 지글지글 끓어오른다.

고통스러운 비명을 터트리며 바위 거인이 주먹을 내질렀다.

크오오오!

말로카가 한 번 더 지팡이를 휘둘렀다.

"이번엔 네놈!"

불타는 바위 거인의 주먹이 엉뚱한 곳으로 향했다. 바로 화염 거인의 머리통이었다.

쿠웅!

충격파가 터지며 불길의 머리통이 붉은 파편이 되어 바람에 흩날렸다.

서로의 힘을 이용해 정령 거인 둘을 간단히 박살 낸 것이다.

하지만 정령은 금방 회복하니 여기서 끝을 볼 필요가 있다.

"불어라, 만물을 부수는 어둠이여! 어비셜 볼텍스!"

웅웅웅웅!

칠흑의 회오리가 휘몰아치며 두 정령을 집어삼키기 시작했다.

화염도 바위도 모조리 휩쓸리며 점점 현세에서 모습을 잃어 갔다.

콰콰콰콰쾅!

잠시 후, 결국 두 정령 거인은 현세에서 말끔히 추방되었다.

"훗!"

일행을 돌아보며 말로카는 의기양양하게 웃었다.

"보았느냐? 이따위 정령들쯤이야 마음만 먹으면 얼마든지……."

아무도 안 보고 있었다.

아니, 아예 그 자리에 서 있는 놈이 없었다.

저 멀리, 저택 너머 음침한 숲속에서 호다닥 도주하는 놈들의 기척만이 어렴풋이 느껴질 뿐.

"……어?"

아크 리치의 해골 안구 속 푸른 영기가 거세게 흔들렸다.

인간으로 치면, 연신 눈을 깜빡이는 것과 비슷한 제스처라 하겠다.

"아니, 이놈들이?"

순간 너무 어이가 없어 실소가 나왔다.

도망쳤다고? 저택도 인질도 버리고?

애초에 저들을 구하려고 일부러 위험까지 무릅쓰면서 여기까지 온 것일 텐데?

"저거 대체 좋은 놈들이야, 나쁜 놈들이야?"

멍하니 허공에 떠 있던 말로카는 이내 정신을 차렸다.

어쨌든 임무는 완수해야 한다.

"끝까지 귀찮게 만드는구나!"

검은 기운을 허공에 흩뿌리며 아크 리치의 신형이 숲으로 날아가기 시작했다.

창문을 통해 상황을 살피던 저택의 하인들, 하녀들은 절망에 빠졌다.

"이럴 수가!"

"영주님이 도망치셨어?"

"우리 버림받은 거야?"

기대가 크면 실망도 큰 법이다.

이제야 구출되는 줄 알았는데, 기껏 믿었던 카르나크가 자신들을 버리다니!

그때 노집사 타펠이 차분히 사람들을 다독였다.

"정말 영주님이 우릴 버렸다고 생각하느냐?"

"네?"

"무슨 말씀을 하세요, 집사님?"

"영주님도 바로스 경도 도망치는 걸 분명히 보셨잖아요!"

"그렇지, 영주님이 이 자리를 피하신 것은 맞다."

타펠이 차분한 목소리로 말을 이었다.

"그래서, 지금 우리가 위험에 빠졌느냐?"

하인들, 하녀들이 멍한 표정을 지었다.

그 무섭던 아크 리치?

더 이상 없다. 카르나크 일행을 쫓아갔으니까.

저택을 지키던 사령술사들은?

역시나 없다. 바로스에게 둘 다 목 잘렸으니까.

그뿐인가? 이들을 감시하던 언데드도 전부 없어졌고, 사령결계도 전부 박살 났다.

이 저택에는 더 이상 사령술의 흔적이 남아 있지 않은 것이다.

"언제든지 안전하게 도망칠 수 있게 되었는데, 그래도 버림받았다고 생각하느냐?"

그제야 다른 이들도 카르나크의 '깊은 뜻'을 이해하고 감격했다.

"그, 그렇군요!"

"영주님께선 우리를 위해!"

노집사 타펠이 온화한 목소리로 모두를 재촉했다.

"그럼 다들 짐을 싸거라. 우리도 어서 몸을 피해야지."

우거진 숲속을 헤치며 카르나크 일행은 연신 달렸다.

한 치 앞도 보이지 않는 어둠 속임에도 다들 질주에 거침이 없었다.

나무 사이로 스며드는 달빛이 희미하게나마 앞길을 비춰

준다. 단련된 두 다리가 숲속의 미세한 지형 변화까지 세밀하게 파악해 뛰어넘는다.

계속 이동하며 레번은 내심 감탄했다.

'은밀한 마법 전언 이거, 정말 쓸모가 많군.'

정령 거인을 부를 때 카르나크가 몰래 전언을 날렸던 것이다.

[저놈 정신이 분산되면 바로 북쪽 숲으로 튀어!]

덕분에 전원이 타이밍을 맞춰 무사히 자리를 뜰 수 있었다.

비밀 전언을 듣지 못하는 라피셀이 있긴 했지만, 이 역시 아무 문제 없었다.

애가 워낙 가벼워서 달랑 들리거든.

그녀는 현재 세라티의 옆구리에 끼인 채 옮겨지는 중이었다.

도주와 동시에 들고 뛰어 버린 것이다.

얼굴을 붉히며 라피셀이 세라티를 쿡쿡 찔렀다.

"내려 주세요. 저도 이제 뛸 수 있어요."

아차 싶어 세라티가 그녀를 풀어 주었다.

착지하자마자 라피셀도 일행을 따라 뛰기 시작했다.

'하긴, 아무리 어린 소녀라지만 짐짝처럼 들려 다니는데 부끄럽지 않을 리 없겠지.'

반면 다 큰 성인임에도 배낭처럼 업혀 다니는 데 하등 부끄러움을 모르는 이도 있었다.

"더 빨리 달려, 바로스!"

"넵!"

카르나크는 두 발로 달리고 있지 않았다. 대신 바로스의 등에 업힌 채 숲을 이동 중이었다.

모양새가 영 부끄럽지만 어쩔 수 없는 합리적인 이유가 있었다.

마법에도 전사와 비슷한 속도를 내는 윈드 워크 같은 주문이 없는 것은 아니다. 하지만 이런 숲속에서는 함부로 구사할 수 없다.

마법을 써 봤자 속도만 높아질 뿐 반사 신경이나 동체 시력까지 올라가는 것은 아니니까.

아차 하는 순간 나무에 처박히기라도 하면 대형 사고인 것이다.

카르나크를 업은 채 바로스가 연신 나무 그루터기를 타고 넘는다. 그때마다 카르나크도 유연하게 몸을 웅크리며 충격에 대비한다.

그 모습을 본 세라티가 혀를 내둘렀다.

'두 사람 다 대단하네.'

사람을 업고 뛴다는 것이 얼마나 힘든 일인지는 굳이 설명할 필요조차 없다.

그런데 업힌 사람도 사실 그리 편한 처지인 것만은 아니다. 특히 정신없이 뛰어야 할 경우엔 더더욱 그렇다.

그런데 둘 다 굉장히 능숙한 모습을 보이고 있는 것이다.

마치 준마라도 탄 것처럼 편안한 표정의 카르나크에, 바로스 역시 마치 준마라도 된 것처럼 업고 뛰는 데 하등 움직임에 지장이 없다.

'대체 저런 짓을 얼마나 자주 했기에 저렇게 자연스러울 수가 있지?'

그렇게 조금 더 달렸을 때였다.

가지가 우거진 숲의 하늘 너머로 천둥 같은 외침이 들렸다.

"찾았다, 이놈들!"

카르나크가 인상을 구겼다.

"역시 따라잡혔나?"

바로스가 입을 삐죽였다.

"할 수 없죠. 저쪽은 날아오는데 별수 있습니까?"

⚜

음산한 아크 리치의 음성이 밤하늘 가득 떨쳐 울린다.

"불타는 쇄도의 전령이여, 이 땅 위에 파괴의 비를 내려라! 레인 오브 인페르노!"

황금 지팡이가 찬란한 빛을 발했다. 곧이어 불꽃의 구체

수십 개가 마치 유성우처럼 숲을 연달아 강타했다.

곳곳에서 폭발이 일었다. 폭음이 밤하늘을 찢어발겼다.

콰콰콰쾅!

어마어마한 위력이었다.

충격파가 숲을 뒤흔들고 폭연이 나뭇가지와 잎사귀를 휘감으며 타고 흘렀다.

균열이 생긴 대지가 입을 벌리고 아름드리 거목이 뿌리째 뽑혀 나갔다.

그럼에도 정작 카르나크 일행에겐 별 피해를 입히지 못했다.

다들 빠르게 반응해 폭격의 범위에서 벗어난 것이다.

숲을 내려다보며 말로카는 치를 떨었다.

"이놈들, 대체 어디 있는 거지?"

하늘에서 숲을 내려다보고 있으니 대부분 나무에 가려져 보이지 않는다.

시각으로는 도저히 찾을 수 없으니 기척 감지 마법을 이용해야 하는데, 문제는 이 마법의 오차가 대략 수십 미터 단위라는 점이었다.

오러 유저의 기감이나 기척 감지 마법은 시각보단 청각에 가까운 개념이다.

등 뒤에서 목소리가 들리면 분명 대강의 방향과 거리는 알수 있다. 하지만 정확히 어느 장소에 서 있는지 세밀하게 측정하긴 힘들지 않은가?

저 언저리 어딘가에 있구나 정도만 알 수 있지, 눈으로 보는 것처럼 정확하게 인지할 순 없는 것이다.

그렇다고 놓아줄 수도 없으니 한 번 더 마법으로 폭격을 가한다.

"도망칠 수 있을 것 같으냐?"

콰콰콰쾅!

여전히 효과는 별로 없었다.

곧바로 숲 저편에서 카르나크의 외침이 들려온 걸 보면 알수 있었다.

"도망칠 수 있을 것 같구나!"

억양부터가 사람 약 올리겠다는 기색이 역력하다.

"저, 저놈이!"

흥분한 말로카가 지상으로 내려왔다.

'숲을 방패막이로 삼는다면 숲속에서 해치우면 되는 일!'

그렇게 나무 사이로 미끄러지듯 날아가니 이내 눈앞에 세 사람이 보였다.

카르나크와 레번, 라피셀이었다.

'응? 오러 유저들은 어디 있지?'

해답은 등 뒤에서 날아왔다.

어느새 나무 위에서 바로스와 세라티가 기습을 가하고 있었다.

붉고 푸른 두 줄기 투기검이 아크 리치의 좌우로 날아든다.

"헉!"

놀라며 말로카가 물러섰지만, 어느새 투기검이 가슴팍을 십자로 크게 그었다.

다행히 뼈는 무사하다. 하지만 로브 자락이 찢어지고 영기로 이루어진 육체의 파편이 사방에 튄다.

"이것들이 감히!"

흥분한 말로카가 어둠의 장막을 끌어 올렸다.

그림자가 어둠의 발톱으로 화해 둘을 덮쳤다.

허겁지겁 투기검을 휘둘러 방어하며 세라티가 혀를 찼다.

"아, 역시 언데드는 귀찮네."

방금의 일격은 꽤나 깊이 들어갔다. 살아 있는 적이었다면 이걸로 끝났을 것이다.

하지만 아크 리치쯤 되면 육체의 손상은 그리 큰 문제가 아니다.

안 되겠다 싶은 카르나크가 고함을 질렀다.

"다시 튀자!"

세라티가 나무를 박차고 앞으로 질주했다.

바로스 역시 카르나크에게로 돌진하며 소리쳤다.

"도련님!"

"오냐!"

삽시간에 카르나크에게 다가간 바로스가 그를 다시 업었다.

　그런데 그 동작이 실로 범상치 않았다.

　업어치기하듯 카르나크의 팔을 잡고 들쳐 메더니, 그대로 업은 채 반전하며 전력 질주!

　카르나크도 메치기를 당함과 동시에 목을 조르듯 감싸 안으며 체중을 이동해 바로스의 등에 안착한다!

　그야말로 무술의 달인들이 벌이는 공방을 보는 듯하다.

　재빨리 업고 튀는 동작을 극한까지 연마한 모습인 것이다.

　레번이 눈을 껌뻑였다.

　'와, 병신 같은데 멋있다.'

　카르나크 일행이 다시금 전력으로 숲을 가로지르기 시작했다.

　도주하는 그들을 보며 말로카도 속도를 높였다.

　"어딜!"

　허공에 몸을 띄운 뒤 윈드 워크 마법으로 미끄러지며 날아간다.

　이렇게 하면 마법사라도 오러 유저에 필적하는 가공할 속도를 얻을 수 있다.

　어디까지나 속도는.

　쿵! 퍽! 쩍!

　연신 나무에 충돌하며 말로카는 신음을 흘렸다.

"이, 이런……."

그제야 왜 카르나크가 굳이 바로스에게 업혀 가는지 깨달았다.

아까도 말했듯이, 마법사의 반사 신경으로는 숲속에서 제 속도를 낼 수가 없는 것이다.

리치가 되었다 해도 그 사실은 변함이 없다.

그나마 리치다 보니 나무에 들이받아도 골로 가지 않는다는 점이 산 사람보다는 나은 점이랄까?

'안 되겠군, 이거.'

저쪽은 장애물 회피하며 죽죽 나아가는데 이쪽은 오만 가지 물체에 다 부딪히니 점점 거리가 벌어진다.

결국 포기하고 말로카는 다시 하늘로 날아올랐다.

장애물 없는 하늘에서 날아가니 간신히 따라잡을 순 있었다.

하지만 이대로라면 결국 기척 감지의 영역을 벗어나게 될 것이고, 그럼 놓쳐 버리게 될 터.

'어쩌지?'

고민하던 말로카가 뼈로 된 손가락을 들었다.

물고기가 더럽게 빨라 작살을 찔러도 못 잡겠다면?

그렇다면 그물을 던지면 되지!

막대한 어둠의 정기가 말로카의 전신에서 뭉게뭉게 피어올랐다.

"아예 이 일대를 뒤덮어 주마!"

❄

검은 안개가 해일처럼 숲을 뒤덮고 사방에서 밀려든다.

안개가 닿는 가지며 잎사귀가 삽시간에 말라붙으며 싸늘하게 식어 간다.

안개는 순식간에 일행의 앞길까지 퍼져 나갔다. 동시에 안개 곳곳에서 인간 형태의 그림자가 모습을 드러냈다.

지옥의 심연에 거하는 그림자 마물, 그림 섀도우였다.

카르나크가 인상을 썼다.

"이런, 저놈들을 불렀나?"

그림 섀도우는 분명 빠른 스피드와 위력적인 공격력을 지닌 마물이었다. 하지만 그림자 신체가 워낙 허약해 지금의 일행에게는 그리 위협적인 적이 아니었다.

어디까지나 제자리에서 상대한다면 말이지.

"캬캬캬!"

"카카카카!"

괴이한 음성을 흘리며 수십 마리의 그림 섀도우들이 일행을 쫓아 달린다.

워낙 빠르고 날렵한 놈들이라 숲속의 장애물을 피해 달리면서도 속도가 전혀 떨어지지 않는다.

바로스도 의외라며 중얼거렸다.

"말로카도 제법인데요? 마냥 뻔한 수만 쓸 줄 알았는데."

일행을 해치우는 게 아니라 발을 묶을 용도로 소환한 것이다. 현 상황에서 가장 적절한 사용법이기도 했다.

카르나크 일행 입장에선 계속 도주하며 상대하는 수밖에 없다.

어느새 레번의 주위로 그림 섀도우들이 몰려들었다.

손으로 바위를 짚고 뛰어넘으며 레번이 몸을 틀었다.

"헙!"

바닥을 구르며 올려 찬 뒤, 반동으로 일어나며 왼손으로 후려갈기고 오른손의 검으로 참격을 날린다.

그렇게 좌우의 그림자를 박살 낸 뒤 곧바로 품속의 단검을 꺼내 날린다.

푸욱!

세 번째 놈의 이마에 단검이 꽂혔다.

마법이 걸린 단검이라 명중과 동시에 폭발이 일었다.

콰아앙!

재빨리 단검을 회수한 뒤 레번이 다시 뛰었다.

모든 동작이 물 흐르듯 자연스러워 세라티도 잠시 감탄했다.

'레번 경이 이런 상황에선 또 굉장히 능숙하네?'

라피셀도 그를 힐끔거리더니 금방 따라 했다.

'요렇게? 요렇게?'

나뭇가지 사이로 파고들어 지형지물을 방패로 이용하며 그림 섀도우들을 하나하나 썰어 버린다.

따라 할 재능도 원래 있었던 데다가, 사실 이렇게 도주하며 싸우는 환경은 전생의 그녀에겐 굉장히 흔한 일이었던 것이다.

영혼에 무의식적으로 새겨져 있으니 금방 노련한 모습을 보인다.

"에잇! 이얍! 타앗!"

전력 질주와 주변 환경 이용과 적의 움직임에 맞춰 싸우는 검투를 동시에 진행하는 둘을 보며 세라티는 정신을 집중했다.

'나도 질 수 없지!'

둘을 따라 하며 조금씩 감각을 잡아 간다.

처음엔 좀 어색했지만 시간이 지날수록 동작이 자연스러워진다.

쫓아오는 그림 섀도우 십여 마리가 세라티 근처에서 잘 갈린 어둠의 과채가 되었다.

일단 할 수만 있으면, 투기검을 사용하는 그녀의 위력이 저 둘보다 압도적으로 강한 것이다.

조금 자신감이 돌아와 세라티는 내심 웃었다.

'나도 그렇게 둔한 건 아니라니까? 이래 봬도 청색급 오러

유저인데.'

하지만 마냥 좋아할 상황만은 아니었다.

사방에서 계속 공세가 이어지니 어쩔 수 없이 이동속도가 현저히 떨어진다.

하늘에서 숲을 내려다보던 말로카가 회심의 미소를 지었다.

"이제야 구석으로 몰았구나."

⁂

정신없이 달리던 카르나크 일행의 시야가 일순간 넓어졌다.

커다란 강과 그 위를 비추는 달빛, 그리고 깎아지른 듯한 절벽이 눈앞에 나타난다.

일행의 발걸음이 멈췄다. 세라티의 안색이 딱딱하게 굳었다.

"이런……."

도주로가 막혀 버린 것이다.

등 뒤, 숲의 하늘에서 검은 영기를 흘리는 아크 리치가 모습을 드러낸다.

"더 이상 도망칠 곳이 없겠지?"

음울한 웃음을 흘리며 말로카는 서서히 지상에 착지했다.

그리고 절벽을 노려보며 조롱하듯 말했다.

"아니면, 저기라도 타고 기어올라 가 볼 테냐?"

물론 그런 바보짓을 할 순 없다.

그랬다간 벽 기어가는 벌레처럼 찍 처맞고 픽 떨어지겠지.

당황한 세라티가 카르나크를 돌아볼 때였다.

"이젠 어쩌죠?"

카르나크는 태연하게 웃고 있었다.

방금 전의 다급한 표정이 거짓말처럼 느껴질 정도로.

'뭐지, 이 위화감은?'

그러고 보니 위화감은 이전에도 있었다.

말로카가 말하지 않았던가? 사령술을 잘 몰라서 실수한 모양이라고.

사령술을 잘 모른다고? 저 카르나크가? 그런 일이 있을 수가 있나?

그때였다.

갑자기 사방에서 거대한 빛의 기둥이 내리꽂혔다. 신성한 여신의 기운이 찬란히 느껴지는 광주였다.

쿵! 쿠쿵! 쿵!

경악한 말로카가 주위를 두리번거렸다.

"뭐, 뭐냐?"

뒤이어 절벽의 갈라진 틈에서 한 무리의 인간들이 걸어 나 왔다.

킹스 오더 단장 에란텔, 8서클의 마법사 테오데릭 그리고 하토바의 특급 심문관 알리우스와 신관단이었다.

'뭐야?'

'저들이 어떻게 여기에?'

놀란 일행을 뒤로한 채 에란텔이 카르나크를 향해 미소를 보냈다.

"수고했네. 정말 여기까지 끌고 왔군."

어깨를 으쓱이며 카르나크도 미소로 화답했다.

"제가 연기는 좀 되거든요."

절벽을 중심으로 네 줄기 광주가 우뚝 솟아 있었다.

빛의 기둥이 황금빛 파동을 은은하게 퍼뜨리며 어둠을 압박한다.

'이런······.'

허겁지겁 말로카는 주위를 살폈다.

'여신교의 결계인가?'

평범한 함정이 아니었다.

태양의 라티엘, 별의 알리움, 대지의 하토바, 바다의 아티마.

무려 네 여신교단의 신성 주문이 서로 연동된 강력한 다중 결계인 것이다.

아무리 아크 리치라도 이 정도 결계를 그냥 벗어나는 건 불가능하다.

물론 전력으로 궁극 마법을 날리면 부수지 못할 것은 없겠지만…….

'저놈들이 그걸 그냥 두고 볼 리가 없겠지.'

절벽에 숨어 있던 이들의 전력이 만만치 않았다.

퍼플 나이트 에란텔과 8서클의 마법사 테오데릭, 특급 심문관 알리우스.

여기에 무려 20명에 달하는 여신교의 신관단도 대기하고 있다.

아크 리치를 상대하기 위해 고르고 고른 정예들인 것이다.

"저 좁은 절벽 틈새에 이 정도로 넓은 공간이 있을 줄은 몰랐습니다."

절벽을 힐끔 보며 알리우스가 중얼거렸다.

"용케 이런 장소를 알고 계셨군요?"

별것 아니라는 듯 바로스와 카르나크가 대꾸했다.

"그야, 자주 왔으니까요."

"그러게. 벌써 세 번째네?"

이 강을 낀 절벽은 두 사람에겐 꽤나 익숙한 장소인 것이다.

전생 때 여신교에 쫓기며 불 피우고 쪽잠 자느라 처음 발견했고, 회귀한 후엔 뜨내기 사령술사 프레드를 쫓는 와중에 또 찾게 되었다.

두 사람이 그렇게나 도주에 능숙했던 이유가 이것이었다. 두 번이나 지나가 본 곳이니 지리에 빠삭할 수밖에 없지.

한편 세라티와 레번, 라피셀은 멍한 표정을 짓고 있었다.

'정신없이 도망치기만 하고 있었는데…….'

'갑자기 이게 무슨?'

뒤늦게 세라티가 상황을 파악했다.

"카르나크 님, 설마 저희까지 속인 거예요?"

"자네들이 진심 어린 표정을 지어 주었기에 저 친구도 속은 것 아니겠어?"

적을 속이려면 아군부터.

전술의 기본이다.

[라피셀이 자주 했던 짓이지.]

[그래도 그렇지, 바로스 경에겐 알려 줘 놓고…….]

[아, 저도 몰랐어요.]

바로스가 재빨리 변명을 늘어놓았다.

[그냥 돌아가는 상황을 보아하니 대충 이거겠다 싶었던 거죠.]

실제로 카르나크가 따로 언질을 주진 않았다. 하지만 바로스는 이 수법을 모를 수가 없었다.

후퇴하는 척하면서 본진 털기.

본진 터는 척하며 복귀한 적을 함정으로 유인하기.

둘 다 전생 때 라피셀이 바로스 상대로 저질렀던 짓이다.

그녀에게 쓴맛을 본 건 비단 말로카뿐만이 아닌 것이다.

[에휴, 안 좋은 기억이…….]

신관단이 사방으로 흩어져 말로카를 중심으로 포위망을 형성한다.

에란텔이 검을 뽑았다. 테오데릭은 마법의 완드를 꺼내고, 알리우스도 지팡이를 움켜쥐었다.

좌우를 힐끔거리며 말로카가 중얼거렸다.

"무슨 수를 쓴 거냐? 이 정도 인원이 숨어 있었다면 내가 못 알아챌 리가 없거늘."

말로카도 상대가 유인책을 쓸지도 모른다는 생각 자체는 했다. 그래서 추적 중에도 사방의 마나와 오러를 면밀히 감지하고 있었다.

그래서 이해가 가지 않았다.

이 정도로 강력한 결계를 숨겨 두었는데 9서클의 마스터가 감지 못할 리가 없다.

"자신감 과잉 아냐?"

카르나크가 비웃음을 던졌다.

"생전에 비해 마법 실력이 쇠퇴했나 보지."

실제로는 사법의 기만자를 이용해서 모두를 감춘 것이었다.

하지만 굳이 적에게 그 사실을 알려 줄 필요는 없지?

오히려 이걸 이용해 자신감을 죽인다.

"살아 있는 육체와 죽은 시체 중 어느 쪽이 더 감각이 예민할지는 뻔한 이야기 아닌가?"

"그, 그런……."

아크 리치의 안구 속 영기가 세차게 흔들렸다.

기대대로 동요하는 모양이었다.

부우웅!

에란텔의 칼날 위를 보랏빛 오러가 찬란히 뒤덮어 간다.

"자네들은 충분히 임무를 다해 주었네."

테오데릭 역시 마나의 영기를 어깨 위로 피워 올린다.

"물러서서 힘을 보충하게. 이제 이 자리는 우리가 맡을 테니!"

카르나크 일행이 뒤로 물러섰다.

알리우스가 지팡이를 들고 명령을 내렸다.

"여신의 종들이여, 부정한 존재에게 빛의 철퇴를!"

20명의 신관들이 일제히 성스러운 빛을 발했다.

장엄한 파동이 대지를 타고 흘러 광주와 연동하며 공간 전체를 정화하기 시작했다.

"축복의 광휘여, 이 땅에 임하라! 홀리 그라운드!"

＊

전투의 포문을 연 건 테오데릭의 마법이었다.

"천공을 가로지르는 파괴의 빛, 라이트닝 블래스트!"

황금의 광채가 허공을 굴절하며 날아든다.

뇌성이 울리며 순간적으로 세상이 환하게 밝아진다.

우르릉!

말로카도 재빨리 방어에 나섰다.

뼈로 된 오른손에 붉은 불꽃이 타오른다. 왼손의 지팡이에서는 극한의 냉기가 흘러나온다.

두 상반된 기운이 서로 합쳐서 이글거리는 얼음의 구체로 화했다.

"프로스트 파이어!"

얼음불꽃탄과 뇌격의 창이 허공에서 충돌해 폭발했다.

폭음과 함께 수증기의 돌풍이 절벽과 강물 위로 가득 퍼졌다.

파아아아앗!

자고로 뒤에서 딴짓하는 것은 사령술사의 본분인 법.

잠시 시야가 가려진 틈을 타 말로카가 몰래 부패의 술법을 준비했다.

"쇠락의 운명이 죽음의 꽃을 피울지어다……."

사아아아……

녹색의 기운이 대지를 타고 흐르며 풀이 시들고 흙이 마른다.

하지만 이는 금방 도로 사라졌다.

사방에서 성스러운 빛이 밀려와 부패 주문을 막아 낸 탓이었다.

'젠장, 신성 결계가…….'

알리우스가 펼친 신성술, 홀리 그라운드가 말로카의 술법을 집어삼키고 있었다.

아무리 그가 특급 심문관이라 해도 아크 리치를 압도할 정도로 신성력이 강하진 않다.

하지만 지금은 저 4개의 광주가 말로카는 약화시키고 알리우스의 권능은 강화시켜 주는 것이다.

말로카는 저 빛의 기둥들을 세운 자들, 20명의 신관단을 노려보았다.

'저것들부터 처리해야겠군!'

황금 지팡이 끝에서 검은 광채가 번뜩였다.

이내 수십 줄기 어둠의 화살들이 신관단 쪽으로 쏘아졌다.

신관단은 피하지 않았다.

"막아라!"

"대열을 흐트러트리지 마라!"

"여신께 이 한 몸을 바치리니!"

여신께 기도를 올리며 빛의 보호를 펼친다.

어둠의 화살 대부분이 광막에 막혀 튕겨 나간다.

탕! 타탕! 탕!

화살 일부가 광막을 뚫고 들어오는 경우도 없진 않았다.

하지만 큰 문제는 아니었다.

신관들이 말로카를 공격할 필요는 없다.

오직 제자리를 지키며 결계를 유지하고 상대를 포위하는 게 이들의 임무.

그래서 전원 두꺼운 갑옷을 입고 그 위에 성직자의 로브를 걸친 상태였다.

움직임이 둔하긴 하지만 그만큼 단단한 것이다.

어차피 못 피할 상황이면 최대한 피해를 줄이자는 식이었다.

신성 결계 안이라면 이쪽이 훨씬 효율적이다.

"신관단이여, 계속 놈을 몰아붙이시오!"

고함을 지르며 알리우스가 재차 신성술을 발동했다.

"저주받은 혼이여, 천상의 빛에 휩싸여 안식에 들지니!"

찬란한 빛무리가 아크 리치를 정수리부터 내려찍었다.

말로카 역시 반사적으로 어둠의 장막을 펼쳐 막았지만 아무래도 위력이 모자랐다.

쿠웅!

장막이 흩어지며 검은 파편이 사방으로 튄다.

그 틈에 에란텔이 땅을 박찼다.

"사악한 리치여, 우리의 왕을 위해 네놈을 베겠다!"

보랏빛 오러가 어둠을 헤치며 긴 궤적을 남긴다.

단숨에 파고든 중년 기사가 자색의 투기검으로 리치의 몸통을 길게 그어 간다.

파아앗!

어둠의 장막이 흩어졌으니 몸통도 뻔히 드러나 있었다.

영기로 된 리치의 유령 같은 육신이 일순 흩어지며 로브가 불타올랐다.

"크윽!"

이번엔 꽤나 피해가 컸다.

신음을 애써 삼키며 말로카도 반격에 나섰다.

"데스 핸드!"

어둠의 손아귀와 보랏빛 오러가 허공에서 충돌했다.

9서클의 마스터답게, 말로카의 방대한 마나가 권능으로 바뀌어 에란텔의 투기검을 밀어붙였다.

'굳이 정면에서 힘 싸움을 할 필요는 없지!'

우아하게 힘을 흘리며 에란텔은 잠시 뒤로 물러났다. 그리고 투기검을 길게 내리쳤다.

ㅡ오러 웨이브!

세 줄기 투기의 칼날이 땅을 타고 내달린다.

자색급답게 검의 사정거리조차 초월하고 있는 것이다.

콰콰콰쾅!

테오데릭 또한 놀고 있지 않았다.

어느새 말로카의 배후를 장악한 뒤 추가로 한 방 날린다.

"혹한의 숨결이 만물을 가두리라, 프로스트 브레스!"

투기의 파도와 냉기의 해일이 앞뒤로 덮쳐 온다.

공세에 휘말린 말로카를 중심으로 굉음과 함께 빛과 냉기의 폭풍이 일었다.

콰콰콰쾅!

신음하며 말로카는 연신 휘청거렸다.

"크으윽!"

이번엔 진짜 제대로 맞았다.

영기의 몸통을 뚫고 진짜 육체인 뼈대에까지 충격이 온 것이다.

살아 있는 몸이었다면 이 한 방으로 깔끔히 사망했을 터였다.

전신의 상태를 점검하며 말로카는 이를 갈았다.

'제장, 뼈마디가 쑤시잖아……'

인간에겐 비 좀 오면 느껴지는 감각이겠지만, 리치에게 뼈가 쑤신다는 건 상당히 심각한 부상을 의미한다.

원망스러운 눈으로 말로카는 저 멀리 솟아 있는 빛의 기둥들을 노려보았다.

'역시 저게 문제야……'

저 강력한 신성 결계가 지속적으로 자신의 어둠을 갉아먹고 있었다.

덕분에 시간이 갈수록, 아무 짓도 하지 않아도 사령력이 고갈된다.

그나마 마나는 신성 주문의 영향력을 덜 받지만, 육체가 언데드이다 보니 어차피 결과는 별다를 바 없다.

사령력의 고갈이 그릇에 담긴 물이 끓어올라 증발하는 느낌이라면, 마나의 고갈은 그릇 곳곳이 갈라져 물이 새는 듯한 느낌이랄까?

'이대론 안 돼.'

힘이 완전히 고갈되기 전에 모험을 할 필요가 있다.

말로카는 황금 지팡이를 땅에 세차게 꽂았다.

쿠웅!

곧바로 남은 사령력을 모조리 긁어모아 술식으로 바꾼다!

"고독 속 절망이여, 어둠의 틈새로부터 세계의 경계를 건너 내 목소리에 응답하라!"

공기가 얼어붙으며 섬뜩한 눈동자가 밤하늘 곳곳에 떠오르기 시작했다.

5개의 그림자가 형상을 이루며 허공을 유영한다.

떠다니는 어둠이 삽시간에 3미터가 넘는 거대한 윤곽을 드러낸다.

에란텔의 안색이 굳었다.

'저건……'

악령 중에서도 가장 지독하다는 지옥의 존재, 아트왈라드였다. 일반인은 이름조차 모르는 초고위 악령인 것이다.

'결계 속에서 저 정도 악령을 부를 수 있단 말인가?'

테오데릭이 완드를 내밀며 앞으로 나섰다.

"내가 처리하겠소!"

낭랑한 주문이 이어졌다.

"나, 어둠의 죄악을 대속하는 자가 되리라!"

대사령술 전용 마법, 사법의 대속자였다.

카르나크의 주머니를 두둑하게 해 준 마법사 중에는 테오데릭도 끼어 있었던 것이다.

파아앗!

찬란한 빛이 퍼지며 악령 하나가 사슬에 휘감겼다.

그렇다. 딱 하나.

아쉽게도 그가 지배한 악령은 한 마리에 불과했다.

테오데릭의 표정이 구겨졌다.

'아무리 노력해도 이게 최선인가?'

강력한 한 개체를 지배하는 건 가능한데, 숫자가 늘수록 난이도가 기하급수적으로 증가해 버린다.

'이 마법은 실력보다는 재능 유무에 더 크게 좌지우지된다더니…….'

말로카가 희미한 비웃음을 흘렸다.

"아직 넷이나 남았다."

망령들이 귀곡성을 울리며 일제히 허공을 가로질렀다.

캬아아아악!

그때였다.

"꿇어."

무심한 목소리와 함께 망령들의 어깨 위로 빛의 사슬이 일제히 나타난다.

날아가던 모습 그대로 모든 망령이 바닥에 찰싹 엎드린다.

끼이이이…….

"어?"

당황한 말로카에게 태연한 음성이 들려왔다.

"난 휴식을 취하고 있는 거지, 딱히 전투 불능 상태가 아니거든?"

어느새 절벽 틈새에서 걸어 나온 카르나크의 목소리였다.

"그런데 왜 내가 구경만 하고 있을 거라고 생각하는 거냐?"

사실 겉보기만큼 카르나크 일행의 기력이 회복된 것은 아니다.

정말 그랬다면 카르나크뿐 아니라 모두가 재차 전투에 참전했겠지.

다른 이들은 여전히 절벽 틈새에 숨어 호흡을 고르는 중이다.

하지만 사법의 대속자는 어디까지나 남이 차린 밥상에 숟가락 하나 얹는 마법.

워낙 술식이 세밀하고 정교해 난이도가 높은 것이지, 마나 자체를 많이 요구하진 않는다.

'아직 기력이 없는 건 사실이지만, 그렇다고 절호의 기회를 놓칠 순 없지.'

카르나크가 가볍게 손짓을 했다.

"가라, 나의 종들이여."

귀곡성이 울리며 소환된 아트왈라드 무리가 말로카에게 돌진하기 시작했다.

캬아아아!

테오데릭 역시 자신이 지배하는 망령을 조종해 협공에 가세했다.

그러면서 연신 카르나크 쪽을 힐끔거렸다.

'정말 볼수록 신기하군.'

이 사법의 대속자는 도무지 이해하기 힘든 마법이었다.

터득 자체는 그냥 노력하면 된다.

하지만 제대로 구사하는 조건은 도저히 모르겠다.

딱히 자주 구사한다고 숙련도가 늘어나는 것도 아니고, 마법사의 실력이 뛰어날수록 더 많은 언데드의 지배력을 빼앗아 올 수 있는 것도 아니다.

실제로 테오데릭은 아무리 노력해도 언데드 한 개체 이상의 지배력은 빼앗아 올 수 없었다.

반면 그의 제자 중 하나는 무려 열 개체에 달하는 좀비의 지배력까지 훔친 전적이 있다.

그런데 실력이 아주 의미가 없냐 하면 그것도 아닌 것이, 제자들은 기껏해야 하급 언데드의 지배력밖에 빼앗지 못했다.

그에 비해 8서클의 테오데릭은 소환된 초고위 악마의 지배력마저 빼앗을 수 있는 것이다.

그런데 정작 최하급 언데드인 좀비는 두 마리도 지배하지 못한다. 강하건 약하건 한 마리가 최대다.

'이 기회에 카르나크, 저 친구에게 개인적으로 좀 물어봐야겠군.'

한편 말로카는 치를 떨고 있었다.

"이, 이놈들이!"

기껏 소환한 아트왈라드 무리가 사방에서 그를 공격해 온다.

그냥 당해 줄 순 없으니 전력을 다해 악령들을 분쇄해 간다.

문제는, 말로카의 마법이 하나도 남김없이 악령들에게 명중하고 있다는 점이었다.

쾅! 콰쾅! 쾅!

카르나크는 지배한 아트왈라드가 굳이 마법을 피하게 하지 않은 것이다.

왜냐고?

악령들의 지배가 풀리면 카르나크 역시 도로 아트왈라드 무리를 상대해야 하거든.

"그래, 열심히 서로 싸워서 열심히 서로 힘 빼라."

상대의 손을 빌려 악령들을 처리하고, 그만큼 말로카의 힘도 쭉쭉 빼 놓고.

자신은 손도 안 대고 코를 풀겠다는 심보가 대단히 역력하게 드러나고 있었다.

'그런데 어떻게 할 수가 없어!'

말로카 입장에선 그저 열심히 덤벼 오는 악령들을 박살 내는 것 외엔 선택지가 없었다.

결국 모든 아트왈라드가 사라졌다.

과연 말로카의 마법은 강력하기 짝이 없었던 것이다.

그 대가로 안 그래도 고갈되던 마나를 펑펑 써 버렸지만.

알리우스와 에란텔이 여유로운 대화를 나눈다.

"악령들이 모두 사라졌군요."

"덕분에 숨 좀 돌렸군."

뒤로 물러서며 카르나크가 비아냥거림을 흘렸다.

"저런, 허망하시겠어?"

공든 탑이 무너질 때 느끼는 감정은 산 자나 죽은 자나 별 차이가 없다.

"저, 저 빌어먹을 놈이!"

말로카는 이를 갈며 절벽으로 향하는 카르나크를 노려보았다.

당장이라도 저 얄미운 흑발 청년을 붙잡아 어포처럼 죽죽 찢어 놓고 싶었다.

하지만 상황이 허락하지 않는다.

"자넨 마저 마나를 다스리게, 카르나크 경!"

에란텔이 아크 리치 앞을 가로막으며 투기검을 발했다.

"마무리는 우리가 할 테니!"

자색의 오러가 반원의 검광을 그리며 날아들었다.

말로카도 어둠을 일으켰다.

카르나크가 훼방을 놓은 탓에 마나 대부분을 소진해 버렸다. 이젠 그나마 남은 사령력으로 상대할 수밖에 없다.

"오라, 지옥의 파수꾼들이여!"

사령술, 그림자 마수가 발동되었다.

아지랑이가 피어오르며 흐릿한 짐승의 형상 속에서 날카로운 손톱이 연달아 뻗어 온다.

에란텔은 당황하지 않았다. 이래 봬도 킹스 오더 단장인 그였다.

"이런 놈들은 신물이 나도록 상대해 봤다!"

날아드는 공세 사이로 투기검이 절묘하게 파고든다. 이내 그림자 마수가 허공에 흩어져 퍼져 나간다.

그 틈에 알리우스도 기도를 올렸다.

"하토바여, 당신의 빛으로 부정한 존재를 정화하소서!"

눈부신 광채가 절벽 여기저기를 비쳤다.

황금빛 파문이 너울지며 말로카를 뒤덮어 간다.

아크 리치의 전신에 불길이 치솟았다.

"크, 크으으윽!"

녹아내리는 육체를 억지로 복원하는 말로카의 눈에, 비장의 마법을 준비하는 테오데릭의 모습이 비쳤다.

"만물의 근원이 의지를 받드노니……."

허공에 완드를 던지며 양손을 교차한다.

"나, 위대한 섭리의 이름으로 세상을 조율하는 자가 되리라."

공중에 뜬 완드가 상대를 겨누며 붉은 마법진을 생성한다.

테오데릭의 양손에도 청색과 백색의 마법진이 발동된다.

"찢어발기고 얼어붙으며 타오를지어다! 둠 오브 데솔레이션(Doom of desolation)!"

삼중 마법진이 연동하며 냉기와 돌풍, 화염 마법을 동시에 토했다.

냉기가 대지를 타고 흘러 발치를 얼린다. 마법의 돌풍이 거칠게 불어 리치의 방어막, 어둠의 장막을 찢어발긴다.

해골의 턱이 쉴 새 없이 따닥거렸다.

"아, 안 돼……."

그리고 이어지는 불꽃의 거창.

강력한 파괴의 일격이, 영기의 육체가 흩어져 앙상하게 드러난 갈비뼈를 관통했다.

"크아아악!"

장대한 폭발이 비명조차 뒤덮으며 절벽을 뒤흔들었다.

콰아아아아앙!

※

커다란 구덩이 너머로 폭연이 자욱하다.

흐릿한 연기 너머를 살피며 테오데릭이 눈을 가늘게 떴다.

"쓰러뜨렸나?"

알리우스가 고개를 저었다.

"아직입니다."

특급 심문관인 그에겐 여전히 아크 리치의 사기가 감지되고 있었다.

비록 당장이라도 꺼질 듯 흐릿한 기운이었지만.

에란텔이 검을 겨눈 채 입을 열었다.

"조심하시오, 테오데릭 공. 방심했다가 뒤통수 맞긴 싫잖소?"

"알고 있소."

안 그래도 추가타를 날리기 위해 곧바로 다음 마법을 준비 중이었다.

에란텔 역시 혹시 모를 반격을 대비해 테오데릭의 방어에 나섰다.

시야 확보도 안 되는데 대뜸 뛰어들었다가 카운터라도 허용하면 골로 갈 수도 있다. 여기선 안전하게 원거리에서 숨통을 끊는 것이 현명하다.

다들 워낙 노련한 이들이라 허점을 노릴 기회 자체를 내주지 않는 것이다.

연기가 걷히길 기다리며 셋은 폭심지 저편을 노려보았다.

폭연 속의 말로카는 허망해하고 있었다.

'내가…… 이 몸이 이따위 하찮은 함정에…….'

저들보다 오히려 스스로에게 더욱 화가 난다.

시공 회귀 전에도 이런 함정에 워낙 자주 걸렸던 말로카였다. 주로 시프라스의 무왕, 라피셀에게.

그리고 그때마다 항상 위대한 죽음의 신 테스라낙께서 구해 주었지.

'부끄럽구나…….'

한탄이 절로 흘러나왔다.

'이번에도 그분의 힘에 기대는 수밖에 없는 것인가…….'

말로카는 품속에 손을 넣었다.

뼈로 된 손가락이 갈비뼈 사이로 파고들었다.

손끝이 떨렸다.

이는 결코 건드려선 안 될 것이었다.

말로카 자신의 것도 아니었고, 잘못될 경우 앞으로의 계획에도 크나큰 지장이 생길 터였다.

하지만 어쩔 수 없다.

여기서 자신이 쓰러진다면 지장 정도가 아니라 계획 자체가 무너질 수도 있을 터.

"용서하소서, 나의 주인이시여."

떨리는 목소리로 말로카가 손을 도로 뽑았다.

쿠우웅!

대기가 흔들리며 짧은 굉음이 울렸다. 마법을 준비 중이던 테오데릭의 안색이 창백해졌다.

"······헉!"

다 죽어 가던 말로카로부터 어마어마한 기운이 솟구친 것이다.

에란텔과 알리우스 역시 이변을 감지하고 안색을 굳혔다.

'뭐지?'

'갑자기 어디서 저런 힘이?'

말로카가 황금 지팡이로 땅을 짚었다.

"이 미욱한 종이 허락 없이 죄를 짓나니······."

텅 빈 안구 속에 시뻘건 불길이 일렁인다. 순수한 마나의 폭풍이 전신에서 터져 나온다.

"저들의 목으로 당신의 용서를 구하겠나이다!"

막대한 마나의 해일이 절벽을 넘어 강과 숲의 상공까지 떨쳐 흐르기 시작했다.

밤하늘의 어둠을 사르며 순백의 빛이 퍼져 나간다.

"쓰러져라, 여신의 개들아."

백색 광채가 마력의 돌풍으로 변해 신관단을 덮쳐 갔다.

에란텔과 테오데릭, 알리우스가 어떻게든 공세를 막으려 했지만 소용없었다.

막대한 압력이 저들까지 포함해 주위를 온통 휩쓸어 갔다.

"우앗!"

"커억!"

내내 굳건히 자리를 지키던 이들이 추풍낙엽처럼 쓸려 갔다.

순식간에 진영이 붕괴되며 얽혀 있던 성광의 술식 역시 느슨해졌다.

그 틈에 말로카의 지팡이가 허공을 겨눈다.

"무너져라, 가라앉아라, 사그라져라."

숲의 하늘 위로 네 줄기 섬광이 솟구쳤다. 그리고 결계를 구성하는 네 광주들을 향해 내리꽂혔다.

콰콰콰쾅!

폭발과 함께 모든 기둥들이 일제히 박살 나 버렸다. 무수한 빛의 파편이 되어 불티처럼 사방으로 흩날렸다.

쓰러진 신관단의 입에서 신음이 흘러나왔다.

"아아······."

"여신의 빛이······."

기껏 준비한 다중 신성 결계가 완전히 사라진 것이다.

이제 저 괴물을 억제할 그 어떤 수단도 남아 있지 않다!

괴물이 허허로운 목소리를 흘렸다.

"이제야 좀 홀가분하구나."

우우우웅!

영기의 심장이 백색의 빛을 발한다.

죽음의 권능, 사령력이 아니라 순수한 마나 그 자체의 빛이었다.

그 무엇보다도 정결한 마력이 부정한 어둠의 존재인 리치로부터 솟구친다.

"내게 이런 불경을 저지르게 만들다니······."

말로카 주위로 수십 개의 마법진이 떠올랐다.

파괴의 불꽃이 허공을 떠다니며 지팡이 끝에서 파동이 연신 퍼져 나간다.

"결코 용서치 않으리라!"

모든 마법진이 일제히 점멸했다.

무수한 폭염구와 뇌격이 사방에서 폭발한다. 갈라진 대지의 파편이 돌풍에 휘말려 허공으로 떠오른다.

저 한없이 이어지는 파괴의 권능 앞에 한낱 인간 따윈 그저 풍랑 속 가랑잎이나 다를 바 없었다.

"으, 으아아악!"

"하, 하토바시여!"

투기검을 휘둘러 날아드는 뇌격을 베어 내며 에란텔이 이를 갈았다.

"젠장, 힘을 숨기고 있었나?"

아니, 이건 말이 안 된다.

자기 목숨까지 위태로웠는데?

대체 아까 같은 상황에서까지 힘을 숨길 이유가 뭐가 있단 말인가?

'앞뒤가 맞지 않아.'

정말 힘을 숨기고 있었다면 드러냈어도 진작 드러냈어야 옳았다.

하지만 분명 눈앞의 아크 리치로부터는 방대한 기운이 흘러나오고 있다.

말로카가 섬뜩한 음성을 토했다.

"그분께서 내리신 파괴의 힘을 맛보라!"

광범위한 바람의 칼날 주문이 사방을 뒤덮어 갔다.

대지가 파헤쳐지며 흙먼지가 피어올랐다.

투기검을 겨눈 채 세라티가 다급히 물었다.

"이게 대체 어떻게 된 거예요, 카르나크 님?"

바로스며 레번 등 다른 이들도 그를 돌아보았다.

다들 무기를 챙기고 헐레벌떡 뛰쳐나온 것이다.

갑자기 형세가 급변해 버렸으니 더 이상 절벽 틈에서 쉬고 있을 때가 아니었다.

딱딱하게 굳은 얼굴로 카르나크가 대꾸했다.

"……모르겠어."

연기하는 게 아니라 진짜로 짐작 가는 것이 없다.

방대한 마나를 연신 쏟아 내는 옛 부하를 노려보며 왕년의 사령왕은 인상을 찌푸렸다.

'어디서 저런 마력이 갑자기 생긴 거지? 분명히 말로카에게는 저런 능력이 없었는데.'

쓰러진 에란텔이 신음을 흘렸다.

"으, 으으으……."

전신이 피투성이였다.

아끼던 애검은 부러져 두 동강 나고 갑옷은 박살 나 너덜너덜, 찢어진 피부 아래 뒤틀린 근육이 극심한 고통을 호소한다.

맞은편의 테오데릭 역시 처지는 비슷했다.

눈과 코, 입에서 모두 피를 흘리며 혼절한 상태다.

말로카의 마법을 막기 위해 과하게 마나를 쓰다 마력 역류가 일어난 것이다.

에란텔의 눈동자에 추가 공격을 준비하는 아크 리치의 모습이 비쳤다.

"죽음의 신께 네놈들의 목을 바치리라."

섬뜩한 마법의 칼날이 허공을 가르며 날아든다.

에란텔이 애써 몸을 움직였다.

'피, 피해야……'

하지만 꿈틀거린 것이 전부였다.

난도질당한 현재의 육체로 그 이상은 도저히 불가능했다.

그대로 갈기갈기 찢겨 여신의 품으로 향하기 직전.

"하토바시여!"

알리우스가 숨을 헐떡이며 마지막 신성력을 발했다.

"당신의 종들에게 대지의 축복을 내리소서!"

땅이 솟구쳐 둘을 가로막는 커다란 방패가 되었다.

날아든 마법의 칼날이 흙벽과 충돌해 섬뜩한 굉음을 터트렸다.

콰쾅!

간신히 둘을 살린 알리우스가 안도의 한숨을 내쉬었다.

'느, 늦지 않았어.'

문제는 그 대가로 그의 여력이 모조리 동났다는 점이다.

"역시 신관 놈들은 귀찮단 말이지."

뒤를 돌아보며 말로카가 뇌까렸다.

"다 된 밥에 재 뿌리는 데는 저만한 놈들이 없다니까?"

뼈로 된 손가락이 알리우스를 가리켰다.

동시에 섬광이 허공을 관통했다.

알리우스의 머리통이 잘 익은 수박처럼 터지기 바로 직전!

"타앗!"

청색의 투기검이 섬광을 튕겨 냈다.

절벽에서 뛰쳐나온 세라티가 아슬아슬하게 앞을 가로막은 것이었다.

"라피셀!"

"네!"

그녀의 지시가 떨어지기 무섭게 라피셀이 알리우스를 안고 뛰었다.

뒤이어 바로스가 말로카의 좌측으로 파고들며 검을 날렸다.

차르르륵!

붉은 사슬검이 흙먼지를 꿰뚫고 쇄도한다. 검광이 밤하늘 위로 호선을 그리며 리치의 두개골을 노린다.

마나 실드를 펼쳐 방어하며 말로카가 싸늘한 음성을 토했다.

"그래, 네놈들이 있었지."

아크 리치의 발밑으로 마법진이 떠올라 빛을 뿌린다.

"감히 이 몸을 농락한 대가를 치르게 해 주마!"

불길과 뇌격이 뒤섞여 촉수처럼 사방으로 퍼져 나갔다. 뻗어 나간 마법들이 허공에서 궤도를 꺾어 돌며 바로스를 향해 쏟아졌다.

"타앗!"

기합을 터트리며 바로스가 몸을 틀었다.

사슬검이 그의 전신을 둥글게 휘감아 붉은 소용돌이로 변했다.

파지지지직!

오러의 회오리가 날아드는 마법을 죄다 튕겨 내기 시작했다.

정면으로 부딪치면 위력에서 밀리니 측면으로 비껴 흘리는 기법이었다.

그렇게 마법을 파해한 뒤 곧바로 말린 사슬검을 풀어내며 재차 공세를 펼친다.

"받아 봐라!"

붉은 검광이 어지러이 밤의 어둠을 질주하며 아크 리치의 사방을 노렸다.

말로카 역시 연신 마법을 펼쳐 대응했다.

붉은 오러와 강렬한 마법이 연신 공중에서 충돌하며 대기를 뒤흔들었다.

사실 결과는 뻔하다.

고작 적색급 오러 유저가 9서클의 마스터와 맞상대를 할 수 있을 리가 없지 않은가?

그런데……

'이, 이놈이?'

말로카는 당황했다.

생각보다 바로스가 만만치 않았다.

순간적으로 접근해 투기검을 내리치고, 곧바로 물러서며 사슬검으로 바꿔 휘두른다.

날아드는 마법은 마치 예지라도 하듯 예견해 피해 내고 다시 공세로 들어오는데, 그 타이밍이 감탄이 나올 정도로 시기적절하다.

'밥 먹고 마법사만 상대했나, 뭐가 이렇게 능숙하지?'

실은 이쪽이 오히려 카르나크와 바로스의 전공이었다.

그동안 온갖 사령술사들을 경험만으로 압살하긴 했다.

하지만 그 경험이란 건 어디까지나 간접적인, 적이 나를 상대할 때의 경험을 역으로 응용한 것에 지나지 않는다. 본인들이 사령술사 쪽이었으니까.

전생 때 상대해 본 진짜 강적들은 죄다 마법사거나 오러 유저일 수밖에 없는 것이다.

물론 아무리 노련하다 해도 기량 차이가 극심하니 오래는 못 버틴다.

"헙!"

바로스의 기합과 함께 사슬검이 아슬아슬하게 말로카의 로브를 스쳤다.

옷자락이 살짝 찢어지며 새까만 연기가 흩날렸다.

재빨리 물러서며 바로스가 마법 전언을 날렸다.

[도련님, 이 정도면 전 할 만큼 했지 싶은뎁쇼!]

[안 그래도 준비 끝났다!]

카르나크가 완드를 들며 주문을 영창했다.

"와라, 엘 라그나티아!"

슬슬 너무 자주 봐서 정들 지경인 불꽃의 정령 거인이 나타났다.

"흥! 또 그거냐?"

말로카가 콧방귀를 뀌었다.

"재주가 부족한 놈이로다."

"나도 다른 마법을 쓸 줄 몰라서 이러는 건 아니거든!"

어쩔 수 없었다.

현재 카르나크가 구사할 수 있는 마법 중, 서클 대비 위력이 제일 좋은 것이 정령 거인인 것뿐이다.

소환된 엘 라그나티아가 포효를 터트리며 돌진한다.

크오오오!

말로카가 무심히 손을 내밀었다.

"이까짓 것쯤은……."

아까 당황한 것은 어디까지나 정령 마법의 상식을 벗어낫기 때문이지, 딱히 위력에 놀란 게 아니다.

"일격에 부술 수 있다."

거대한 뇌전이 번쩍이며 거인의 몸통을 꿰뚫었다.

찬란한 불빛이 터져 나와 뇌성을 울렸다.

콰아아앙!

정령 거인이 폭발하며 불길이 사방으로 흩어져 대지를 불태우기 시작했다.

정말로 단 한 방에 박살 난 것이다.

이제 저 카르나크란 놈만 마저 붙잡아 버리면 끝인데…….

말로카는 주위를 두리번거렸다.

'엉? 이놈 어디 갔어?'

분명 방금 전까지 카르나크가 서 있던 자리가 텅 비어 있었다.

잠깐 눈 돌린 사이 사라져 버린 것이다.

그때였다.

"아크 리치!"

절벽 틈새 너머로 카르나크의 목소리가 들려왔다.

"네가 원하는 건 나겠지?"

절벽 위쪽에서 흑발 청년이 재차 모습을 드러냈다.

말로카를 내려다보며 손가락을 까닥거린다.

"따라와라! 우리끼리 결판을 내자!"

당황한 건 말로카가 아니라 레번 쪽이었다.

[그건 안 통하죠, 카르나크 님!]

[응? 뭐가?]

[여기 이렇게 인질들이 많이 있잖습니까!]

그제야 카르나크도 아차 싶어 주위를 살폈다.

레번 말이 옳았다.

누군가를 지켜야 하는 상황이란 게 자신에게 생길 수도 있다는 인식 자체가 없어서 실수를 저질렀다.

……라고 생각했는데.

'할 수 없지. 저놈에겐 인질이 통하지 않으니!'

혀를 차며 아크 리치가 허공으로 날아올랐다.

왜 그런 생각을 했는지는 말로카도 몰랐다. 그냥 그 순간 그렇게 확신했고, 아무 의문도 느끼지 못했다.

"도망치게 놔둘 것 같으냐?"

[잘만 통하잖아! 왜 사람 헷갈리게 하고 그래?]

흰소리를 남기며 카르나크가 숲 저편으로 사라졌다.

말로카 역시 빠른 속도로 그 뒤를 쫓았다.

'엥? 쫓아간다고?'

남은 레번만 황당해할 뿐이었다.

'왜 저게 먹히는 거야?'

✳

카르나크가 말로카를 유인해 자리를 벗어났으니 어서 쫓아가 원호를 해야 한다.

"둘은 다른 사람들을 돌봐요!"

레번과 라피셀에게 지시를 내린 뒤 세라티가 몸을 날렸다.

두 사람은 오러 유저가 아니니 아무래도 저들을 쫓아갈 신체 능력이 부족한 것이다.

바로스 역시 재빨리 그녀의 뒤를 따랐다.

멀어지는 둘을 보며 한숨 돌린 신관들이 감탄을 흘렸다.

"그간 들은 소문이……."

"과장된 것이 아니었구나."

유스틸 왕국에 카르나크라는 의로운 영웅이 나타나 어둠의 세력을 벌하고 사람들을 구한다더니, 참으로 진실이었다.

그렇지 않고서야 어찌 저렇게 목숨을 아끼지 않고 사람들을 구하려 할 수 있겠는가!

반면 레번은 미묘한 표정이었다.

'동료를 구하려고? 저 인간이? 정말?'

이젠 그도 슬슬 카르나크란 인간에 대해 어느 정도 파악한 것이다.

'그보다는 그냥…… 사령술 쓰고 싶어서 사람들 눈 피한 것 아닌가?'

아니나 다를까, 숲 저편에서 강렬한 어둠의 기운이 터져 나온다.

신관들이 인상을 썼다.

"아크 리치가 어둠의 힘을 구사하는군."

곧이어 강력한 마법의 빛이 숲 여기저기를 밝힌다.

"카르나크 경도 용케 맞상대하는 것 같고."

한탄을 흘리며 신관들이 기도를 올렸다.

"부디 영웅에게 여신의 가호가 있기를."

그저 애매해하는 표정만 고수 중인 레번이었다.

'글쎄, 과연 그런 걸지는 좀…….'

사악한 어둠의 기운이 숲을 가득 메우고 있었다.

사아아아…….

온갖 악령들이 끊임없이 흐느끼며 형태를 변화한다. 나뭇잎이 시들고 잡초가 얼어붙는다.

그리고, 찬란한 마법의 불길 앞에 날아가 버린다.

콰아아앙!

폭발과 함께 열기와 광풍이 악령들을 싹 쓸어 갔다.

그럼에도 악령들의 기세는 사라지지 않았다.

가벼운 손짓 한 번, 음산한 목소리 한마디에 재차 춤을 추며 어둠 속에서 귀곡성을 떨치며 튀어나온다.

말로카가 어이없다는 듯 뇌까렸다.

"뭔 놈의 마법사가 저리도 사령술을 잘 쓴단 말이냐?"

레번의 예상대로, 숲을 뒤흔드는 어둠의 기운은 죄다 카르나크의 작품이었다.

전장을 바꾸자마자 아주 대놓고 사령술을 펑펑 쓰고 있는 것이다.

반면 말로카는 착실하게 마법만을 구사한다.

아까부터 사령술 잘못 썼다가 자꾸 역습당하는 경우가 많았으니까.

계속 도망치며 카르나크는 사령술을 펼쳤다.

바로스와 세라티도 치고 빠지기를 반복하며 말로카에게 공세를 퍼부어 댔다.

하지만 딱히 유리해지거나 하진 않았다.

워낙 마력 차이가 극심하다 보니 사령술을 써도 위기에서 간신히 벗어나는 게 전부다.

"아, 역시 사령력이 부족해."

투덜대는 카르나크를 향해 바로스가 전언을 날렸다.

[어떻게 급한 대로 늘릴 방법 없어요?]

[있긴 해.]

[그럼 써요!]

[지금이라도 돌아가서 쟤들을 전부 제물로 바쳐 사령력으로 바꾸는 건데도?]

세라티가 황급히 대화에 끼어들었다.

[미쳤어요? 절대 안 돼요!]

[역시 그렇지?]

식은땀을 흘리며 카르나크는 말로카의 상태를 살폈다.

"그래도 마나가 꽤나 고갈된 것 같긴 한데……."

워낙 비효율적으로 대규모 마법을 펑펑 낭비해서 그런지 아까보단 흘러나오는 마력의 기운이 많이 줄었다. 그래 봤자 여전히 압도적인 마력량이지만.

"이젠 좀 해볼 만하다는 생각이 드는 모양이지?"

분위기를 눈치챘는지 말로카가 비웃음을 던졌다.

"그게 얼마나 큰 착각인지 알려 주마."

그리고 로브 품속에 손을 가져간다.

"그분의 권능의 무한함을 보아라."

아크 리치의 로브 위로 광활한 영기가 피어올랐다. 또다시 방대한 마나를 어딘가에서 끌어온 것이다.

바로스와 세라티의 안색이 창백해졌다.

'뭐야? 또 마나가 회복됐어?'

'대체 어떻게?'

기껏 지치게 만들었을 때도 감당하기 어려웠다. 그런데 다시 처음부터라고?

이대론 도저히 승산이 없다!

그때였다.

"하, 하하하하."

갑자기 카르나크가 웃음을 터트렸다.

"뭐야, 그런 거였어?"

말로카는 자기도 모르게 뒤로 물러섰다.

"뭐가 웃긴 거냐?"

당연히 허세일 것이 뻔한데, 저 웃음소리를 듣는 순간 알 수 없는 공포가 영혼 깊숙한 곳에서 기어올라 온다.

카르나크는 어깨를 으쓱였다.

"별건 아니고."

그때였다.

그의 전신에서도 무시무시한 기운이 용솟음치기 시작했다.

"헉!"

경악한 말로카가 턱을 덜커거렸다.

공간 전체가 순수한 마력으로 가득 차 터질 듯 요동치고 있었다.

'어디서 저런 마나가?'

심지어, 무려 자신의 2배에 달하는 엄청난 양이다!

"고맙구나, 말로카."

마나의 소용돌이 속에 우뚝 선 채 카르나크는 환한 미소를 지었다.

"정말이지, 자넨 예나 지금이나 참 도움이 많이 되는 친구야."

대지가 뒤흔들린다.

대기가 떨쳐 울린다.

쿠쿠쿠쿠쿵!

자신을 한없이 압도하는 저 방대한 마력을 앞두고, 말로카는 애써 냉정을 찾았다.

　'놈은 고작해야 7서클의 마법사, 저렇게나 거대한 마나를 다룰 수 있을 리가 없어!'

　마나 폭주는 마법사가 가장 경계해야 할 현상 중 하나다.

　실제로 8서클의 테오데릭 역시 폭주에 의한 마력 역류로 쓰러지지 않았던가?

　'분명 저놈도 금방 피를 토하며 쓰러지리라!'

　아니었다.

　"간만에 이 정도 힘을 다뤄 보네."

　양손을 휘저으며 카르나크는 능숙하게 흘러넘치는 마나를 조율해 갔다.

　폭풍처럼 휘몰아치던 막대한 기운이 허공을 관통해 유수처럼 흘러내린다.

　차분히 세계에 안착해 쪼개지고 나누고 뭉치고 흩어진다.

　그 모습 어디에도 마력 폭주 따윈 없었다. 심지어 말로카보다도 훨씬 능숙할 지경이었다.

　'말도 안 돼. 어떻게 저렇게 자연스럽게?'

　솟구친 마나를 완벽하게 제어하에 놓은 뒤 카르나크는 싱글벙글 웃었다.

　'운이 좋았다는 걸 부인할 수 없겠군.'

　그의 시선은 말로카의 로브 안쪽을 향해 있었다.

정확히는, 찢어진 옷자락 사이로 드러난 칠흑의 정육면체를 향해서.

⊰※⊱

처음엔 알아차리지 못했다.

카르나크 일행이 절벽에서 뛰쳐나온 건 말로카의 마력이 갑자기 폭증한 이후였으니까.

이미 상황이 끝난 뒤라 아무리 카르나크라도 전후를 파악할 방법이 없었다.

하지만 두 번째는 다르다.

눈앞에서 당당히 마나를 끌어 올렸다.

바로 저 칠흑의 정육면체, 역시공 초월체를 통해서.

'그래, 직접 보니까 알겠네.'

그동안은 무슨 수를 써도 역시공 초월체를 해독할 수 없었다.

도저히 뚜껑을 열 수 없었던 것이다.

뎀피스 역시 방법을 모르니 알려 줄 수 없었고.

그런데 어쩐 일인지 말로카는 역시공 초월체의 뚜껑을 여는 방법을 알고 있었던 모양이다.

'이거, 혼돈마력의 다른 형태였군.'

권능이 극도로 압축된 역시공 초월체는 얼핏 사령술의 상식을 벗어나는 것처럼 보인다.

마법은 집중, 사령술은 분산.

이것이 힘을 온전히 발휘하는 원칙이니까.

하지만 저 칠흑의 정육면체가 사실은 사령력이 아니라 혼돈마력의 응집체라면?

그럼 모든 것이 설명된다.

왜 사기와 탁기가 전혀 드러나지 않았는가?

애초에 어둠의 권능에서 사기와 탁기를 배제한 것이 혼돈마력이니까.

왜 굳이 저렇게 극도로 권능을 압축해 놓았는가?

혼돈마력은 한없이 마나에 가까운 기운, 마법과 마찬가지로 집중하는 쪽이 힘을 발휘할 수 있으니까.

그럼에도 왜 겉보기엔 사령력처럼 보이는가?

그냥 착각이었다.

애당초 역시공 초월체에서는 사기나 탁기가 느껴지지 않았다.

그럼에도, 누가 봐도 마녀같이 생긴 게 어둠의 권능을 펑펑 쓰면서 유독 새까만 뭔가를 남겼으니 무심코 사령력이라고 단정 지어 버린 것이다.

'혼돈마력을 다시 사령력으로 전환해도 마녀가 저지른 짓은 전부 가능하지. 그래, 이제야 앞뒤가 좀 맞아떨어진다.'

뎀피스에게서 전해 들은 역시공 초월체의 제작 술식은, 카르나크가 만든 시공 초월비의 역행 술식.

'시공 초월비 술식을 역행하면 자연스럽게 혼돈마력이 되는 거였군. 이건 시도해 본 적이 없어서 미처 몰랐네.'

그렇다고 테스라낙이 카르나크처럼 혼돈마력을 따로 만든 건 아닌 듯했다.

카르나크야 사령술을 쓰지 않고 살기 위해 일부러 개발했지만, 테스라낙에겐 그럴 이유가 없었을 테니까.

테스라낙의 혼돈마력은 목적이 아니라 결과의 일부다.

역시공 초월체를 해체할 때 말로카가 쓴 수법을 보면 확실하다.

처음 역시공 초월체를 얻었을 때, 카르나크는 이를 해체하기 위해 여러 가지 시도를 했다.

그리고 그중엔 바로스와 세라티를 이용해 오러를 투입시키는 방법도 있었다.

그때 분명 오러에만큼은 미세하게 반응했다. 너무 미세해서 의미가 없었지만.

'내 가설도 아주 틀린 건 아니었어.'

정확히는 오러가 아니라 암흑투기여야 했다.

역시공 초월체에 정해진 흐름의 암흑투기를 주입하는 순간, 단단히 얽혀 있던 매듭이 올올이 풀려 나온 것이다.

'이러니 내가 미처 알아차리지 못했지.'

이는 카르나크가 떠올릴 수 없는 성질의 술법이었다.

그는 오로지 사령술 외길만을 걸어왔다. 시공 회귀를 계획한 후에야 마법에도 관심을 가지게 되었을 뿐이다.

반면 테스라낙은, 뎀피스의 말에 따르면 카르나크의 운명이 덧씌워진 바로스.

사령술사인 동시에 전사이기도 한 것이다.

당연히 암흑투기도 능숙하게 다룰 수 있겠지.

그리고 지금 상황을 보면 마법사의 길 역시 걸었던 것으로 보인다.

마법에 해당하는 혼돈마력을 이용해서.

'검은 신의 교단 놈들이 기존의 기운과 사령력을 융합하는 수법을 써 대는 걸 봤을 때 짐작했어야 했는데.'

저런 걸 보면, 신성력에 해당하는 제3의 뭔가가 또 존재할지도 모르겠다.

어쨌든 카르나크도 한 분야의 극의에 도달했던 자.

궤가 달라 먼저 떠올리진 못했다 해도 남이 하는 걸 지켜보고도 이해 못 할 정도는 아니다.

특히나 그 근본이 사령술이라면 더더욱 그렇다.

"여러모로 궁금한 게 많긴 하지만……."

양손에 칠흑의 정육면체를 하나씩 쥔 채 카르나크가 무심한 음성을 흘렸다.

"지금은 자네 문제부터 해결해야겠군, 말로카."

카르나크의 전신으로부터 방대한 마력이 쉴 새 없이 흘러나왔다. 그리고 그 마나양은 거의 말로카의 2배에 육박했다.

아주 단순한 산수의 결과였다.

그는 역시공 초월체를 2개 가지고 있는 것이다.

"네, 네놈이 대체 어떻게 그걸⋯⋯."

덜덜 떨며 말로카는 말을 더듬었다.

중간에 끊긴 목소리가 중의적인 내용을 함축하고 있었다.

어떻게 저걸 다루어 힘을 끌어낼 수 있는가?

그리고, 어떻게 저걸 2개나 가지고 있는가?

말로카가 아는 한 저건 현세에 단둘밖에 없어야 할 물건이었다.

뎀피스가 하나, 그리고 자신이 하나.

말로카는 본인의 것을 지니고 있으니, 뎀피스의 것을 빼앗았다 하더라도 카르나크는 1개밖에 가지고 있지 않아야 하는 것이다.

'그런데 왜 3개가 존재하는 거지?'

낭랑한 카르나크의 주문 영창이 말로카의 상념을 끊었다.

"퍼져 나가는 빛줄기가 내 적을 치리라!"

백색의 빛이 원추형으로 방사되며 날아들었다.

7서클 섬광계 주문, 아케인 블래스트였다.

쿠우웅!

배리어를 펼쳐 막아 냈는데도 전신이 흔들린다.

'윽, 7서클 주문이 이 정도 위력인가!'

토대가 되는 마나가 워낙 방대하니 7서클인데도 상당한 위력이 나오는 것이다.

카르나크의 영창이 이어졌다.

"매스 인페르노 캐논."

수십 개의 불꽃 탄환이 연달아 날아들어 폭발했다.

역시나 7서클의 화염 주문이었다.

그리고 그 뒤를 7서클 뇌격 주문이 이어 간다.

"라이트닝 볼텍스!"

눈부신 황금빛 뇌격이 굉음을 내며 연신 배리어 위로 작렬한다.

콰쾅! 콰콰콰쾅!

여전히 배리어는 뚫리지 않았다. 아무리 강화되었다 해도 7서클 마법에 불과했으니까.

'어라? 잠깐?'

그제야 말로카는 자신이 마냥 경악할 이유가 없다는 사실을 깨달았다.

분명 현재 카르나크가 휘두르는 마나는 강대하기 그지없었다. 9서클의 마스터인 자신조차 압도당할 정도로.

하지만 그 마나를 발사해야 할 포대는 여전히 7서클의 마법사였다.

"잠시 속았구나."

아무리 마나가 넘쳐흐른다 해도 8서클이나 9서클 마법을 구사할 순 없는 것이다.

본인의 마력 회로가 감당이 안 되니까.

"네놈의 선택지라곤 그저 무식하게 마력으로 밀어붙이는 것밖에 없지 않느냐?"

"뭐, 그건 그래."

여전히 카르나크는 태연자약했다.

"반대로 말하면……."

완드를 우아하게 휘저으며 눈웃음을 흘린다.

"무식하게 밀어붙일 순 있단 소리 아니냐?"

서클이 낮아도 마나가 넘친다면, 마법을 무식하게 난사해 화력으로 밀어붙일 수 있다?

이는 생각만큼 간단한 일이 아니다.

똑같은 마법을 반복해 사용하면 효과가 떨어진다. 그러니 번갈아 가며 다양하게 구사해야 하는데, 그만큼 난사에 딜레이가 생기는 것이다.

카르나크 역시 저 사실을 잘 알고 있었다.

"그러니 또 이거나 써먹어야지, 뭐."

빙그레 웃으며 그가 바닥을 툭 쳤다.

"와라, 엘 라그나티아!"

불꽃의 정령 거인이 열기를 뿜어내며 모습을 드러낸다.

"흥! 한 방에 나가떨어진 놈을 또 불러 봤자……."

말로카가 콧방귀를 뀌었다. 카르나크가 주문을 이었다.

"와라, 엘 테라스티아!"

이번엔 바위의 정령 거인이 거체를 드러냈다.

마나가 넘쳐흐르다 보니 정령을 소환하는 데 별 힘이 들지 않았다.

물론 여전히 말로카에겐 별 위협이 못 된다.

"한 놈 더 불러내면 뭐가 달라질 것 같으냐?"

두 정령 거인을 쓸어버리기 위해 막 마법을 준비할 때였다.

카르나크의 주문은 아직 끝난 것이 아니었다.

"와라, 엘 아쿠아리아!"

허공에서 수류가 응집되며 물의 정령 거인이 모습을 드러낸다.

"와라, 엘 실페르시아!"

바람이 휘몰아쳐 회오리를 일으킨다. 그리고 거대한 폭풍의 거인이 되어 포효한다.

그제야 말로카의 어조가 바뀌었다.

"맙소사, 지수화풍의 네 정령 거인을 전부?"

제어가 되고 안 되고를 떠나, 저 정도면 9서클의 마스터라해도 더 이상 경시할 수 없는 수준이다.

"제, 제법이긴 하구나."

긴장하며 말로카가 뇌까릴 때였다.

"한 바퀴 돌았지?"

빙그레 웃으며 카르나크가 바닥을 툭 쳤다.

"또 와라, 엘 라그나티아."

"……엥?"

"또 와라, 엘 테라스티아."

"자, 잠깐!"

계속해 물, 불, 바위, 바람의 거인들이 모습을 드러내고 또 드러낸다.

어느새 수십에 달하는 정령들이 숲을 가득 메우고 득시글 거리고 있다.

끝없이 소환이 이어지는 그 광경에 말로카는 턱뼈를 쩍 벌렸다.

"말도 안 되는…… 저게 가능할 리가 없는데……."

돌아온 것은 의기양양한 비웃음이었다.

"나니까 되는 거야, 나니까."

불티가 사방으로 날리고 흙먼지가 풀풀 피어오른다.

거친 수류가 연신 폭포처럼 쏟아지고 바람의 칼날이 전신을 난도질한다.

그것은 장엄한 몰매의 현장이었다.

화염이, 바위가, 강물이, 폭풍이 안겨 주는 무자비한 폭력의 현장이 숲속 가득 펼쳐지고 있었다.

퍽! 퍼퍽! 퍽퍽퍽퍽!

그 속을 가득 울리는, 끝없이 메아리치는 처절한 영혼의 절규.

"컥! 크악! 으아아악!"

수십 마리의 정령 거인이 해골 하나를 짓밟는 그 광경은, 적인 세라티마저 동정심이 살짝 느껴질 정도로 참혹한 것이었다.

'내 살다 살다 리치가 불쌍해 보이는 날이 올 줄이야……'

그럼에도 역시 아크 리치는 아크 리치였다.

저토록 가혹하고도 압도적인 폭력 앞에서도 말로카는 죽지 않았다.

그래, 죽지는 않았다.

"으, 으으으……"

너덜너덜해진 아크 리치를 내려다보며 카르나크가 싱글벙글 웃었다.

"딱 적절하게 다져졌구만."

"나, 날 어쩔 셈이냐?"

"일단 반으로 가르고 봐야지."

콰지지직!

어둠의 칼날이 아크 리치의 갈비뼈를 부수고 영기의 심장을 드러냈다.

"역시 있군, 계약의 낙인."

뎀피스의 경우와 똑같았다. 심지어 낙인에 새겨진 계약의 내용까지도.

이번에도 마찬가지로 테스라낙의 이름을 카르나크로 바꿔 새긴다.

잠시 후, 희미한 신음과 함께 박살 난 뼈들이 도로 붙기 시작했다.

"으으음……."

서서히 몸을 일으키는 상대를 향해 카르나크가 질문을 툭 던졌다.

"기분이 어때?"

"……신기한 느낌이로군요."

차분한 어조로 대답하며 말로카가 무릎을 꿇었다.

"복종하겠나이다. 나의 왕, 영혼의 주인이시여."

금의환향

그토록 요란하던 숲 저편이 정적을 되찾고도 한참 후.

어둠이 깔린 수풀 사이로 세 사람이 천천히 걸어 나왔다.

카르나크와 바로스, 세라티였다.

"돌아오셨군요!"

부상자들을 돌보던 잿빛 머리 소녀가 반색을 하며 그들을 맞이했다.

바위에 기대어 쉬고 있던 에란텔이 힘겹게 물었다.

"놈은 어찌 되었나?"

카르나크 일행이 돌아온 시점에서 일단 이겼다는 건 알겠다.

하지만 완전히 해치운 건지, 아니면 적을 놓쳤는지는 확인해야 한다.

카르나크가 천으로 감싼 뼈 몇 개를 들어 보였다. 검은 빛깔이 감도는 인간의 팔뼈였다.

"일부는 건졌습니다만⋯⋯."

아크 리치는 완전히 박살 났고, 그 잔해만 조금 건져 왔다는 것이 그의 설명이었다.

뼈에 남아 있는 기운을 감지하며 에란텔이 인상을 썼다.

"과연 리치의 잔해로군. 상당한 사기가 남아 있어."

알리우스가 비틀거리며 다가왔다.

"수고 많으셨습니다. 이건 제가 처리하지요."

"부탁합니다."

사기가 깃든 뼈를 함부로 들고 다닐 순 없으니, 신성력으로 봉인하는 것도 신관의 의무 중 하나다.

그나마 부상이 덜한 신관 몇 명이 팔뼈를 수거해 갔다.

그 모습을 바라보던 세라티가 몰래 물었다.

[어디서 저런 가짜를 준비하셨어요?]

[가짜 아닌데?]

[네?]

[진짜 말로카의 팔뼈야.]

[⋯⋯외팔이로 만드신 거예요?]

[그럴 리가. 가는 길에 아무 뼈나 적당히 주워서 채우면 될 일인데.]

언데드다 보니 신체 일부를 분실해도 대충 복구가 되는 것이다.

역시 사령술이 관련되면 일반 상식이랑 괴리가 생긴다.

[확실한 증거를 건네주었으니 여신교에서도 아무런 의심하지 않겠지?]

그렇게 뒤처리까지 끝낸 뒤 카르나크는 다른 사람들의 상태를 살폈다.

"피해가 크군요."

"다행히 죽은 이는 없습니다. 정말 여신께서 도우시지 않고서야……."

알리우스의 말에 옆에서 듣던 바로스가 내심 쓴웃음을 지었다.

'진짜 말로카가 싸움을 못하긴 하네.'

그 방대한 마나를 손에 넣고도 결정타를 못 날려 단 1명의 숨통도 끊지 못한 것이다.

대신 부상자는 너무 많았다.

몸 성한 사람이 카르나크 일행을 제외하곤 전무할 지경이었다.

테오데릭도 죽지만 않았지 여전히 깨어나지 못하고 있었다.

이대로 숲의 한기에 계속 노출되면 결국 위험한 상황까지 갈지도 모를 일이다.

바로스가 제안을 건넸다.

"일단 자리를 옮기시죠. 다들 제대로 요양을 해야 할 테니까요."

"압니다, 하지만 본진과의 거리가 너무 멀어서요."

숲을 둘러보며 알리우스가 난색을 표할 때였다.

"저희 집으로 가시면 되지요."

"예? 하지만 그곳은 사교도들이 장악한……."

"그 사교도들 다 처리했잖아요?"

뭐가 문제냐며 카르나크가 어깨를 으쓱였다.

"우린 이겼습니다. 당당히 개선할 수 있지요."

퇴각하던 제스트라드 탈환군과 이를 추격하던 사교단의 언데드 군세.

이는 탈환군의 압승으로 끝났다.

애초에 언데드 군세의 전력 대부분은 말로카가 차지하고 있었다. 그 말로카가 없는데 남은 사령술사들만으로 뭘 할 수 있겠는가?

물론 탈환군 역시 주 전력 대부분이 자리를 비우긴 했다.

자색급 오러 유저인 에란텔, 8서클 마법사인 테오데릭, 특급 심문관인 알리우스와 휘하 신관단은 물론이고 카르나크 일행마저 탈환군에서 빠졌으니까.

여기서 언데드 군세의 가장 큰 단점 중 하나가 드러나 버렸다.

탈환군은 수뇌부가 없어도 부관들이 병사들을 운용하면 충분히 제 실력을 발휘할 수 있다.

하지만 언데드 군세는 말로카가 없으면 처음부터 제대로 된 전력이 나오질 않는다.

결국 언데드 군대는 죄다 썩어 가는 뼈와 시체로 돌아가 버렸고, 사령술사들은 간신히 목숨만 건져 도주했다.

사령술사들을 놓친 것에 에란텔이 아쉬워하긴 했지만 어쩔 수 없었다.

아무래도 사령술 자체가 도주와 은신에 워낙 특화되어 있다 보니 붙잡기는 또 쉽지 않았다.

그렇게 제스트라드 영지는 온전히 카르나크 남작의 것으로 돌아왔다.

영주답게 카르나크는 후속 조치를 빠르게 진행했다.

일단 성하 마을 곳곳에 탈환군 병사들이 묵을 곳을 마련했고, 수뇌부 역시 저택에 직접 모셔 부상을 치유하는 데 만전을 기하도록 했다.

피신했던 노집사 타펠과 저택의 하인들, 하녀들이 돌아온 것도 이 시점이었다.

"정말 훌륭해지셨습니다, 영주님."

돌아온 카르나크를 앞에 두고 타펠은 손수건까지 꺼내 들며 눈시울을 적셨다.

"돌아가신 아버님이 보시면 얼마나 기뻐하셨을지……."

한때, 편지 한 장 달랑 남기고 사라진 카르나크를 원망하던 시절도 있었다.

특히나 '순진한 영주님'을 꼬여 낸 저 '못되어 먹은 붉은 머리 미녀'에 대해선 원망을 넘어서 분노까지도 느꼈었다.

하지만 이젠 감히 그런 생각은 언감생심 하질 않는다.

수도로 향한 뒤 카르나크의 명성은 날로 높아져만 갔다.

왕자의 난을 제압하고 왕국 곳곳의 환란을 가라앉히며 무려 제국에까지 파사의 손길을 뻗어 가더니, 이젠 무려 킹스오더의 부단장이라는 높은 위치까지 올랐다.

또한 강력한 마법사가 되어 위기에 빠진 고향으로 돌아와 백성들을 구해 내기까지 했으니, 실로 모험담에서나 나올 법한 영웅의 풍모가 아닌가?

그런 카르나크에게 남은 의무는 하나뿐!

"……그래서 장가는 언제 가시렵니까?"

"이런 상황에서 그 이야기부터 나오는 거야?"

"이런 상황이니 더더욱 가문의 후계자가 중요해지는 것 아니겠습니까?"

"나, 나중에 이야기하자고, 나중에."

바로스는 선망의 눈빛으로 가득한 하녀들의 집중 공략 대상이 되어 있었다.

"우와, 바로스 군, 아니, 바로스 경."

"예전에도 멋있었는데……요."

"더 멋있어졌다……요."

"대체 언제 오러 유저가 된 거야……요?"

어릴 적부터 봐 온 동생 같은 애였는데, 고작 몇 년 사이 바깥 좀 싸돌아다니더니 기사들 중에서도 초인의 반열에 든다는 오러 유저가 되어 돌아왔다.

이 얼마나 엄청난 1등 신랑감이란 말인가?

"반말을 하든가 존대를 하든가 하나를 정하시죠, 그냥?"

실소하며 바로스는 하녀들을 살살 피해 다녔다.

아직 테스라낙의 위협이 사라지지 않았으니 느긋하게 여자나 사귈 시간은 없었다.

하인들은 처음 보는 또 다른 기사에게 관심을 두고 있었다.

"그런데 이분은 뉘신지?"

"아, 이 친구?"

카르나크가 레번의 어깨를 툭툭 쳤다.

"제스트라드 남작가의 새로운 기사다."

이미 세라티의 사례가 있어, 새로운 기사가 나타났다고 딱히 놀라는 이는 없었다.

하지만 이어진 자기소개에는 다들 눈을 크게 떴다.

"레번 스트라우스라고 합니다."

"스트라우스요?"

"하필이면 그 스트라우스랑 성이 같네요?"

"그러게요, 오해 많이 사셨겠어."

피식거리며 카르나크가 첨언했다.

"오해가 아니다. 그 스트라우스 맞으니까."

"네?"

"정말 그 무왕님네 집안?"

"아니, 그런 분이 왜 우리 영지의 기사로?"

옆에서 지켜보던 세라티가 문득 실소를 흘렸다.

'나 때도 똑같은 소리 나오지 않았었나?'

참고로 라피셸은 다들 별 관심이 없었다.

겉보기엔 워낙 평범한 소녀였으니까. 그냥 세라티의 종자려니 하고 넘어갔다.

복귀한 저택의 시중인들은 곧바로 본연의 임무로 돌아갔다.

손님들을 위해 방을 치우고 요리를 준비하며 바쁘게 일했다.

카르나크 역시 놀고 있지 않았다. 영주로서 해야 할 일이 아직 많았다.

영지를 점령한 검은 신의 교단은 분명히 살육을 최대한 피했다. 하지만 그렇다고 영지민들이 아무런 피해도 입지 않았다는 것은 아니다.

당연하다.

수백에 달하는 뼈다귀와 시체 무리가 칼 들고 돌아다니는데 피를 안 흘린다니, 그런 일이 가당키나 하겠나?

사망자도 부상자도 어느 정도는 생길 수밖에 없다.

이런 뒤처리 역시 영주의 임무 중 하나인 것이다.

그렇게 상황을 파악하던 중, 의외의 생존자를 발견했다.

성하 마을의 임시 감옥에 갇혀 있던 제스트라드의 기사들이었다.

"자네들, 살아 있었나?"

놀란 카르나크를 앞에 두고 기사들이 부끄러운 듯 머리를 조아렸다.

"죄송합니다, 영주님."

"저희 힘이 부족하여……."

"아니, 딱히 살아 있는 걸 비난하는 건 아니고."

그저 이해가 가지 않았다.

상대가 전투원일 경우엔 일단 죽여서 언데드로 만드는 쪽이 확실히 이득이다.

말로카의 성격을 떠올려도 이쪽이 자연스럽다.

"여하튼 다들 무사하니 참으로 다행일세. 지금은 다들 부상부터 다스리시게."

"감사합니다, 영주님."

다들 오래 갇혀 있어 몰골이 말이 아니었다.

일단 물러가 쉬게 한 뒤, 카르나크는 잠시 생각에 잠겼다.

'이건 나중에 말로카 만나서 물어봐야겠네.'

다음 날 밤.

카르나크와 바로스, 레번은 저택 근처의 인적 없는 숲속에서 말로카와 다시 만났다.

저번엔 느긋하게 자리 잡고 이야기를 나눌 상황이 아니었으니 나중에 접선하기로 한 것이었다.

참고로 세라티의 경우엔 이번에 빠졌다.

그녀는 라피셀과 같은 방을 쓰는데, 너무 자주 자리를 비우면 불필요한 의심을 살 수도 있으니까.

"왜 기사들을 죽이지 않았냐는 말씀이십니까?"

카르나크의 질문에 말로카는 잠시 머리를 갸웃거렸다.

"그것이……."

그러더니 묘한 표정으로 되묻는다.

"그러게요. 제가 왜 그랬을까요?"

"지금 나랑 장난치나?"

"그, 그게 아니라……."

당황하며 말로카가 손사래를 쳤다.

"저 스스로도 잘 이해가 안 가서 말입니다. 그냥 그때는 그게 당연하다고 생각했습니다."

"뭐가 당연하다는 건데?"

"상대가 카르나크 님이잖습니까? 그럼 이 정도 몸 사리는 건 당연하다고……."

정확히는 카르나크란 이름을 듣는 순간 '아, 이놈, 자기 것 함부로 건드리면 발작하는 놈이다. 몸 사려야지.'란 생각이 든 것이었다.

"그건 더 이상하잖아?"

더더욱 이해가 안 가 카르나크가 물었다.

"네가 날 어떻게 알고 그런 생각을 했다는 건데?"

"그래서 저도 이해가 안 간다는 겁니다. 그런데 그땐 너무 자연스러워서 이상하다는 생각도 못 했습니다."

"그리고 보면 뎀피스도 비슷한 느낌을 받았다고 했었지."

카르나크는 잠시 턱을 매만졌다.

"라피셀만 나에 대한 정보를 알고 있는 건 아닌가?"

순간 말로카가 부르르 떨었다.

"역시 그 소녀가 라피셀이었습니까? 어쩐지 영 께름칙하더라니."

아무것도 모르는 상태에서도 뭔가 느꼈던 모양이다.

바로스가 의아해하며 물었다.

"그런데 어째 라피셀은 말로카를 보고도 태연하던데요?"

뎀피스와는 얽힌 일이 거의 없으니 그렇다 쳐도, 말로카는 세 번이나 상대했다는데 전혀 알아보는 눈치가 아니었다.

카르나크와 바로스를 만났을 땐 바로 발작부터 일으키지 않았던가?

"그야, 라피셀은 말로카를 이긴 적밖에 없으니까 그렇지."

별일 아니라며 카르나크가 대꾸했다.

"때린 사람은 발 뻗고 자지만 맞은 사람은 평생 기억한다는 말이 있잖아?"

레번이 묘한 표정을 지었다.

저런 비슷한 옛말을 들어 보긴 했는데…….

"……반대 아닙니까?"

카르나크가 눈웃음을 쳤다.

"정말 반대라고 생각해?"

"슬프게도 반박할 수가 없군요."

그 외에도 말로카를 통해 이런저런 상황을 파악하던 중이었다.

"그러고 보니 좀 이상하게 느낀 부분인데……."

문득 궁금해진 카르나크가 질문을 던졌다.

"어떻게 말로카, 넌 역시공 초월체의 분해법을 알고 있던 거지?"

뎀피스는 역시공 초월체의 분해 술식을 모르고 있었다.

거짓말일 리는 없었다. 낙인이 찍힌 이상 카르나크를 거역

할 수 없는 것이다.

그런데 어떻게 말로카는 그 술식을 알고 있었을까?

이유는 의외로 단순했다.

"어, 그것이……."

잠시 머뭇거리더니 말로카가 작은 목소리로 대꾸했다.

"시공 회귀 전, 테스라낙께서 저만 따로 불러 알려 주셨습니다."

"엥? 말로카, 자네에게만?"

"네."

"왜?"

알고 보니 상당히 서글픈 이유였다.

ㅡ말로카, 저거 너무 잘 죽어! 보험이라도 들어 놔야 안 죽고 임무 완수할 것 아냐?

"……라고 하시면서."

순간 카르나크도 이해해 버렸다.

"아……."

당장 라피셀에게만 세 번 목 따인 뒤 간신히 부활했던 말로카가 아닌가?

뎀피스야 워낙 든든하게 싸움 잘하는 타입이라 걱정이 없는데, 말로카는 전투만 들어가면 내내 불안한 것이다.

"그러게. 나 같아도 그 정도 대비는 했겠다."

이젠 말로카 역시 카르나크와 바로스의 과거에 대해 알고 있다. 말로카가 우울해하며 물었다.

"제가 그렇게 못 미덥습니까?"

"전투에 한정하다면? 응, 그렇지."

"……."

그리고 또 하나, 이해가 가지 않는 점이 있다.

"어째 전투 중에 유독 나만 붙잡으려고 하더라?"

"예? 그야 카르나크 님이 목표였으니까요."

"아니, 그러니까 내 말은……."

카르나크가 뒤에 서 있는 진한 황갈색 머리 청년을 가리켰다.

"레번은?"

바로스나 세라티, 라피셀이야 죽여도 상관없다 치자.

하지만 레번의 육체는? 미래 레번이 차지해야 할 테니 확보해 둬야 하는 것 아닌가?

"언제까지고 에밀 몸에 들어앉아 있을 순 없을 것 아냐?"

말로카가 이해하기 힘든 대답을 했다.

"안 그래도 저 역시 그걸 확인했었습니다."

타락한 태양의 교황 제넥스가 단언했다는 것이다.

필요한 것은 카르나크 단 1명뿐이라고.

"레번 경의 육체는 더 이상 필요 없다고 했습니다. 이제 와서 확보하건 말건 상관없다고요. 그래서 저도 그냥 신경을 껐습니다만."

"그건 이상한 이야기군."

카르나크는 미간을 찌푸렸다.

물론 에밀의 재능이 레번을 초월하는 것은 사실이다.

하지만, 아무리 그렇다 해도 원래 자기 육신만큼 영혼과 완벽하게 일치할 순 없다.

"무슨 속셈인지 모르겠네. 그대로는 오래 못 살 텐데."

적어도 한 가지 확실한 건, 템피스나 말로카조차도 모든 진실을 알고 있진 않다는 점이었다.

'테스라낙 이놈도 어지간히 비밀주의로군. 하긴 또 다른 나라면 당연한 건가?'

대충 볼일이 끝나자 카르나크는 지시를 내렸다.

"그럼 한동안 근처에 숨어 있어. 템피스도 며칠 뒤에 올 테니까."

두 아크 리치가 모이면 해야 할 일이 있었다.

어둠 속으로 몸을 숨기며 말로카가 고개를 숙였다.

"예, 주인님."

⁂

오랜만에 돌아온 영지, 오랜만에 돌아온 저택이었다.

그동안 벌어 놓은 돈도 많았다.

그렇다면 이제 무엇을 해야 할까?

"창고의 비축을 풀고 소와 돼지를 잡아라!"

고난을 겪은 영지민들을 위로하고, 또 영지를 탈환해 준 귀한 손님들을 최선을 다해 대접하는 것이 영주의 의무가 아니겠는가?

"이참에 우리도 신선한 고기 좀 먹고 말이지."

"그동안 워낙 돌아다녀서 그런지 맛있는 걸 못 챙겨 먹었단 말이죠?"

기대에 차 카르나크와 바로스는 입맛을 다셨다.

갓 구운 소고기의 진한 육즙을 떠올리니 벌써부터 침이 고인다.

그런데 문제가 생겼다.

"잡을 소와 돼지가 없습니다."

하인장 카타일의 말에 카르나크는 당황했다.

"엥? 그게 무슨 소리야?"

"사교도 놈들이 영지 내 가축들을 전부 거두어 갔습니다."

"리치가 뭘 먹는다고 그걸 거두어 가?"

게다가 밑에 있던 것들 역시 죄다 좀비나 스켈레톤 같은 언데드 아니었나? 밥 줄 필요도 없는데, 왜?

"설마 사령술사 몇 놈이 그 많은 소와 돼지를 다 처먹었단 소리는 아니겠지?"

당연히 그건 아니었다.

"사교도들의 본산으로 보낸다는 듯했습니다."

워낙 숨어 사는 교도들이 많다 보니 검은 신의 교단 역시 식량난으로 골치를 앓고 있었다. 그래서 이참에 수탈할 수 있는 건 다 해 버린 모양이었다.

"소와 돼지뿐 아니라 염소며 말까지 싹 다 빼앗겼습니다."

당장 농사짓기도 힘들 판이라 외부에서 다시 사 와야 한다는 것이 하인장의 설명이었다.

"아니, 이놈들이 이런 식으로 엿을 먹이나?"

"닭은 남아 있습니다. 계란을 얻어야 한다고 하니 그건 내 버려 두더군요."

"……그 와중에 달걀은 또 신선하게 먹고 싶었나 보네."

뭐, 돈도 있고 상회도 있으니 저걸 복구하는 건 그리 큰일이 아니다. 시간만 들이면 가능하다.

'하지만 지금 당장 붉은 육즙이 뚝뚝 떨어지는 신선한 고기가 먹고 싶은데!'

잠시 고민한 카르나크는 명령을 살짝 바꿨다.

"데벤토르의 소와 돼지를 잡아라!"

"데벤토르요?"

어이없어하며 하인장이 되물었다.

"자작가에서 소와 돼지를 보내 준답니까?"

"그러니까 지금 당장 보내라고 전갈을 넣어라, 이거지."

"그쪽이 순순히 내줄까요?"

제스트라드 남작가와 데벤토르 자작가는 실로 오랜 원한 관계, 심지어 현재는 거의 불구대천의 원수 수준이다.

당장 카르나크가 영주가 될 수 있었던 이유도 데벤토르가 이쪽 일가를 몰살시켰기 때문이 아닌가?

카르나크가 콧방귀를 뀌었다.

"안 내주면 어쩔 건데, 지들이?"

왕년엔 데벤토르의 눈치를 맹렬하게 보던 때도 있었다. 제스트라드가 워낙 약하고 가난하던 시절에는.

하지만 지금은?

카르나크 밑의 오러 유저만 무려 둘이다. 본인도 7서클의 마법사이고.

그냥 이들만으로도 데벤토르 전체를 능가하는 전력인데, 추가로 명분조차 충실하다.

현재 제스트라드 영지에 누가 와 있나?

무려 왕실 직속 킹스 오더의 단장과 부단장이 모두 와 있지 않은가?

거기에 마법학계에서 영향력이 높은 8서클의 마법사도 있고, 또 북부 전역의 여신교 세력을 관장하는 특급 심문관도 있다.

이렇게나 귀하신 손님들이 북부로 행차하셨으니 보양식 좀 대접하겠다는데, 그걸 거절해?

"데벤토르에 그 정도 배짱은 없을걸."

"하지만 그쪽도 딱히 가축에 여유가 없을 텐데요."

"그건 그쪽 사정이고."

인근 영지에 큰 변이 생기면 주변 영지에서 도움의 손길을 뻗는 것이 관례다.

실제로 현 제스트라드 탈환군 병력은 유스틸 왕국의 중앙군과 북부 영지의 지원군으로 이루어져 있었다.

하지만 그중에 데벤토르 자작가의 병력은 없었던 것이다.

창문 너머 서쪽을 노려보며 카르나크가 입을 삐죽였다.

"원군도 안 보내 준 치사한 이웃 사정까지 봐줄 필요가 어디 있냐?"

❋

사정을 들은 바로스가 묘한 표정을 지었다.

"그거, 알고 보니 진짜로 보낼 사정이 안 되어서 못 보낸 거던데요."

"그래? 데벤토르에도 뭔 일 생겼대?"

"그게요……."

이미 란돌프 경 사건으로 사교도의 일원으로 의심받아 한바탕 뒤집어졌던 데벤토르 자작가였다.

당시 그 사건을 무마하기 위해 상당한 지출을 감행하기도

했다.

그런데 몇 달 전, 또다시 의심스러운 정황이 발각되었다는 것이다.

"무슨 정황?"

"데벤토르 영지 내에서, 은밀한 어둠의 술법이 감지되었다고 하더라고요."

그래서 신관들이 대거 투입되어 가문은 일일이 조사받고 영주는 수도로 불려 가는 등 난리도 아니었다고 한다.

"뭐야? 그놈들 진짜로 사령술 몰래 쓰고 있었어?"

"그건 아니고요……."

또 카르나크 짓이었다.

"아, 그때 그거?"

종말의 어둠에 대해 파악하겠다며 허공간 탐사에 나섰다가 테스라낙과 조우했던 그때.

당시 펼친 술법의 흔적이 딱 걸린 것이다.

"하긴, 걸릴 테면 걸리란 식으로 대충 저지르긴 했지."

혹시 몰라 데벤토르 영지까지 가서 술법 펼친 보람(?)이 있었던 모양이다.

"그런데 용케 우리 가문은 의심을 안 받았네?"

"그야, 도련님은 킹스 오더에서 워낙 명성을 떨치고 계시잖습니까."

심지어 저 조사단을 보낸 이가 바로 알리우스였다.

"하루 이틀 알고 지내는 사이도 아닌데, 우리 영지를 의심할 리가 없겠죠."

"알리우스에게선 저런 이야기를 들은 적이 없는데?"

잠시 의아해하던 카르나크는 이내 해답을 찾았다.

"생각해 보니 할 이유가 없었구만."

단순히 옆의 영지에 산다는 이유만으로 알리우스가 모든 정황을 보고할 이유는 없다. 카르나크가 무슨 상관도 아닌데.

덕분에 데벤토르 자작가는 요즘 들어 상당히 힘겨운 나날을 보내고 있었다.

가문의 위세는 흔들리고 자산은 줄어들고 병력은 모자라, 원군을 보내긴커녕 북방의 몬스터들을 막는 것만도 벅찬 상황이었다.

"데벤토르 자작가도 참……."

옆에서 이야기를 듣던 세라티가 한숨을 푹 쉬었다.

"모진 놈 옆에 있다가 벼락 참 자주 맞네요."

"애초에 먼저 벼락 떨군 건 저쪽이거든!"

"그래도 이건 우리가 잘못한 거 맞잖아요!"

"그렇지."

참으로 당당하다는 듯, 카르나크가 어깨를 활짝 폈다.

"그래서 이번엔 돈 내고 소와 돼지를 사 오기로 했다!"

"……원래는 돈도 안 주고 뺏을 생각이셨군요?"

"무려 생각만 하고 실행에 옮기진 않았지. 이 정도면 나 진짜 인간 된 거 아니냐?"

"애초에 인간이라면 당연히 해야 할 일인데 말이죠."

말하다 말고 세라티는 잠시 의아해했다.

'가만, 인간이라면 당연히 해야 할 일을 했으니, 인간 된 게 맞는 건가?'

※

며칠 뒤 잔치가 벌어졌다.

성하 마을 광장에 대형 테이블이 수십 개씩 설치된다. 테이블마다 신선한 소와 돼지, 양과 닭 등의 고기가 즐비하게 놓이고 각종 과일과 빵 등도 풍성하게 차려진다.

광장 곳곳에서 대목을 노린 행상들이 모여들어 장터를 꾸리고 음악가들이 공연을 이어 간다.

곳곳에 술과 음악이 넘쳐흐르고 있었다.

사교도들, 특히 언데드 군세하에서 시달렸던 그간의 고난을 잊기에 충분할 만큼 즐거운 잔치였다.

광장 한편에서 소고기를 뜯으며 바로스가 싱글벙글 웃었다.

"역시 신선한 고기는 맛있네요."

"그렇기는 한데요……."

세라티는 영 찜찜한 표정이었다.

"이게 다 데벤토르 자작가의 눈물이 깃든 고기라고 생각하면 기분이 참……."

분명히 카르나크는 공짜로 소와 돼지를 뜯어 오지 않았다. 돈을 주고 당당하게 사 왔다.

하지만, 상당히 강압적인 할인 요청이 있었음은 부인할 수 없는 것이다.

어쨌거나, 오랜만에 느긋한 시간을 보내니 좋긴 좋았다.

"기분 탓인가, 이거 어째 굉장히 오랜만에 휴가를 받은 느낌인데요?"

고개를 갸웃거리는 세라티를 보며 바로스가 실소를 흘렸다.

"사실 휴가 자체는 많이 받았죠. 휴식을 못 취해서 그렇지."

킹스 오더 휴가 기간 내내 이런저런 사건에 끼어드느라 정신이 없었다.

"그러네요. 정말 일 없이 쉬어 본 적은 없구나, 그동안."

한가한 두 사람을 보며 카르나크가 어깨를 으쓱였다.

"다들 푹 쉬라고."

그리고 슬쩍 전언으로 바꿔 말을 이었다.

[어차피 한동안은 영지에 머물러야 해.]

지금도 뎀피스는 밤마다 몰래 사람들 눈을 피해서 열심히 이곳으로 오고 있을 터.

[뎀피스가 도착하려면 며칠은 더 걸릴 테니까.]

며칠 뒤, 탈환군은 제스트라드 남작령을 떠났다.

몸을 회복한 에란텔과 테오데릭은 수도 드룬타로 돌아갔고 알리우스와 신관단도 데라트 시티로 향했다.

특히나 알리우스는 서둘러야 했다.

하필 자리를 비운 틈에 이런 대형 사건이 터진 탓이었다.

덕분에 뒷감당이 꽤나 골치 아픈 모양이었다.

카르나크는 남았다.

영주로서 영지를 정상화해야 하는 것이다.

무너진 마을들을 복구하고 영민들의 생활을 보살피는 등, 이래저래 해야 할 일이 많았다.

썩 어렵진 않았다.

딱히 제국을 운영할 때의 경험 때문만은 아니었다.

사실 죽은 자들의 제국은 워낙 적당히 돌아가던 나라라서 사령왕 시절의 카르나크라고 크게 신경 쓸 건 없었다.

세상의 모든 문제는 사람이 죽으면 대부분 해결되는 법이라는 게 당시 그의 지론이었으니까.

그보단 좀 더 단순한 이유였다.

"돈, 돈만 많으면 다 해결돼."

넉넉하게 지원금을 풀었다. 오죽하면 노집사 타펠이 기겁

할 정도였다.

"너무 손이 크신 것 아닙니까, 영주님? 이래서야 영지의 재정이……."

"괜찮아. 아직 여유 있어."

"헉! 아니, 이 자금은 대체 어디서 난 겁니까?"

그제야 타펠도 카르나크 밑에 알타스 상회가 있다는 사실을 알게 되었다.

그렇게 알타스 상회와 연락해 모자란 물품을 주문하고, 또 테카스 상단을 다시 불러 구리 광산을 맡겼다.

굳이 테카스 상단을 다시 부를 바엔 자기들에게 맡기는 게 낫지 않겠냐며 알타스 상회주 에디아가 아쉬운 소리를 했다.

하지만 카르나크에게도 나름대로의 이유가 있었다.

안 그래도 영 수상쩍은 테카스 상단이다. 제대로 조사하려면 일단 곁에 둘 필요가 있는 것이다.

알타스 상회를 통해 필요한 물자를 대량으로 유통하니 영지는 빠르게 재건되어 갔다.

온갖 물건들이 영지로 모이다 보니, 그 와중에 세라티가 살짝 이상한 짓을 벌이는 일도 있었다.

"바로스 경, 이거 드세요."

"이게 뭡니까, 세라티 경?"

"근골에 좋다는 약초를 달인 물이에요."

"어, 예, 감사합니다."

몸에 좋은 걸 준다니 감사히 받아 마시긴 했는데, 왜 갑자기?

바로스는 의아해했고 라피셀은 눈을 반짝반짝 빛냈다.

'어머? 세라티 언니가 바로스 오빠를?'

그러고 보면 최근 들어 이상하게 세라티가 바로스를 신경쓰는 것 같긴 했다.

'아마도 말레피쿠스 던전 이후부터였던 것 같은데, 거기서 뭔가 있었나?'

소녀다운 상상력을 한껏 펼치는 라피셀이었다.

'하긴, 바로스 오빠는 듬직하고 좋은 남자지. 세라티 언니랑도 잘 어울려. 하지만 카르나크 님이랑도 잘 어울리는데…….'

물론 진짜 이유는 라피셀의 상상과는 상당한 거리가 있었지만.

'이런다고 뭐가 나아질까 싶지만, 그래도 기회 생길 때마다 챙기는 게 좋겠지?'

뎀피스의 실언 덕분에 세라티와 레번도 알게 되었다.

자신들은 권속이 되었으니 혹여 사지를 잃어도 재생할 수 있지만, 바로스는 그게 아니라는 것을.

그리고, 자신들 때문에 카르나크는 정작 바로스를 권속으로 삼을 수 없게 되었다는 것 또한.

즉, 지금의 바로스는 혹여 사지를 잃기라도 하면 복구할 수 없는 상태인 것이다.

이 사실을 알게 된 레번은 상식적인 인간의 반응을 보였다.

'바로스 경에게 미안하군. 나도 짐이 되지 않도록 더욱 노력해야겠어.'

반면 세라티는?

이미 카르나크의 인성쯤은 충분히 파악이 끝난 그녀였다.

혹여 바로스가 팔다리라도 잃게 된다면 카르나크가 어떻게 나올지 뻔히 짐작할 수 있었다.

'분명히 레번 경 권속 계약 파기하고 바로스 경을 권속으로 삼겠지!'

그런데 권속을 버리면 당사자는 죽는다며?

아니, 꼭 레번을 버릴 것이란 보장도 없다. 저쪽은 무려 미래에 무왕씩이나 되는 보장된 인재가 아닌가?

반면 세라티는 무명소졸, 미래에 아무런 이름도 남기지 못하는 평범한 오러 유저일 뿐.

어쩌면 그녀를 가차 없이 휙 버려 버릴지도 모른다!

'잘 챙겨야 돼! 바로스 경 팔다리에 우리 목숨이 달려 있어!'

그래도 그동안 든 정이 있는데, 아무리 나쁜 놈이라도 설마 저렇게까지 하겠냐는 생각도 간혹 들긴 한다.

하지만 그때마다 카르나크를 돌아보며 마음을 다잡았다.

'응, 충분히 그럴 놈이야.'

그래서 이렇게 기회 되는 대로 열심히 바로스의 건강을 챙기고 있는 것이다.

덕분에 바로스의 혓바닥만 요즘 들어 곤욕을 치르는 중이었다.

'어우, 이 약 너무 쓴데? 꼭 먹어야 하나?'

～ ✳ ～

카르나크가 영주의 업무에 매진하고 다른 머리 좋은 이들도 영지 복구를 위해 서류 작업에 한창 매달리는 동안.

몸으로 때우는 칼 쥔 자들은 상대적으로 한가하기 그지없었다.

"우린 할 일이 없네요, 도련님?"

당연히 노는 꼴 보다 못한 카르나크가 한마디 하긴 했지만…….

"그럼 서류 작업이라도 돕든가!"

이어진 칼 쥔 자들의 무식함에 치를 떨 수밖에 없었다.

"에, 뭔 소린지 하나도 모르겠는데요?"

물론 이들이 까막눈이라는 소리는 아니다.

바로스도 겉보기완 달리 나이 먹을 만큼 먹었고, 세라티의 경우엔 취미가 모험담 읽기다. 평범한 소설이나 편지 같은 것 정도는 다들 충분히 읽을 수 있다.

하지만 온갖 계산 능력이 필요한 행정 서류를 이해할 수 있을 리가 없지 않나?

"글자는 읽을 수 있겠는데……."

"뭘 숫자가 이리 많아요? 기호도 잔뜩이네."

당연히 바로 쫓겨났다.

"수학 못하는 놈들, 저리 꺼져라! 꺼져!"

사실 레번 경만큼은 충분히 서류 작업을 도울 능력이 있었다. 가문에서 이래저래 배운 게 많았거든.

하지만 시치미 뚝 떼고 모른 척했다.

'지금 내가 서류 작업이나 하고 있을 때가 아니지.'

그동안 레번은 전투에선 거의 도움 된 것이 없었다. 항상 라피셀과 함께 보조에 그쳤다.

카르나크 말로는 자신도 라피셀도 미래에 무왕이 된다는데, 이건 솔직히 전혀 실감이 안 나고.

'무왕까진 바라지도 않아. 최소한 밥값 1인분은 해야 할 것 아닌가?'

언제까지고 이렇게 지낼 순 없었다. 좀 더 강해져야만 했다.

그러기 위한 최우선 조건은 역시 하나뿐.

'오러를 터득해야 해.'

마침 시간적 여유가 생겼다.

오러에 대해 가르쳐 줄 선배 검사들도 둘이나 있다.

지금이야말로 작심하고 수행을 쌓아야 할 시기인 것이다.

상황도 나쁘지 않았다.

제스트라드의 다른 기사들은 전원 요양 중이었다.

간신히 목숨은 건졌지만 내내 허름한 지하 창고에 갇혀 있었으니 몸 상태가 말이 아닌 탓이다.

병사들 역시 마을 복구에 매달리느라 바빠 훈련할 여유가 없었다.

기사들도 병사들도 쓰지 않으니, 현재 제스트라드 가문의 외부 연병장은 카르나크 일행이 독차지한 상태였다.

⬧

구름 한 점 없는 맑은 하늘 아래, 두 사내가 검을 주고받는다.

몇 차례 공방을 이어 가던 중이었다. 레번이 기회를 잡았다.

'지금!'

빠르게 바로스의 우측으로 파고든다.

바닥을 낮게 따라가며 올려 베기 일격, 상대가 물러서는 순간 양손의 위치를 바꿔 한 번 더 올려친다!

"타앗!"

옆에서 지켜보던 세라티가 미간을 찌푸렸다.

'오버 킬? 저 타이밍에서는 안 통할 텐데.'

원래대로라면 레번이 창안했어야 하지만 지금은 오히려 라피셀에게 배운 이단 올려 베기가 허무하게 허공을 갈랐다.

바로스도 뻔히 아는 기술이다 보니 쉽사리 피한 것이다.

그때였다.

갑자기 레번의 검이 허공에서 반전했다.

한 발 앞으로 나서 상대와의 거리를 좁힘과 동시에, 한 번 더 손가락 그립을 바꿔 무게중심을 낮추며 위력을 배가시킨다!

"헙!"

짧은 기합과 함께 쳐올린 칼날이 아지랑이처럼 떨리더니 수직 낙하했다. 그리고 바로스의 반격에 그대로 튕겨 나갔다.

타앙!

허공에서 반전하는 타이밍을 정확하게 노려 바로스가 비집고 들어온 탓이었다.

물러선 레번이 허망해하는 표정을 지었다.

"이게 이렇게 쉽게 막히다니……."

애초에 오버 킬은 미끼, 상대가 피할 경우 생기는 딜레이를 이용한 시간 차 공격이었다.

"검술 자체는 나쁘지 않았습니다."

검을 거두며 바로스가 머쓱해했다.

"실은 제가 아는 기술이라서요."

"이거 원래 있는 기술이었습니까?"

당황한 레번이 멍한 표정을 지었다.

"전 제 나름대로 오버 킬의 연계 기술로 만든 거였는데요."

"레번 경이 창안한 건 맞고요. 그 기술, 다운 힐이죠?"

"……어떻게 이름까지 알고 있는 겁니까?"

기술명 지어다 붙인 게 무려 오늘 아침이었다.

갓 만들고 아무에게도 알려 주지 않았는데 어떻게?

혼란스러워하던 레번이 문득 쓴웃음을 지었다. 뒤늦게 바로스가 무슨 소릴 하고 있는지 이해가 갔다.

오버 킬이 실은 미래의 자신이 창안한 검술이란 건 그도 이제 알고 있다.

"혹시 다운 힐도 제가 미래에 만드는 기술입니까?"

"네."

그래서 바로스도 손쉽게 막을 수 있었던 것이다.

오버 킬에서 이어지는 다운 힐은 지겹게 겪은 패턴이니까.

옆에서 대련을 지켜보던 세라티가 신기해하며 물었다.

"레번 경이 오버 킬을 창시했다는 역사는 이미 바뀌었잖아요?"

바로스는 일부러 레번에게 그가 미래에 창안할 기술들을 알려 주지 않았다.

이를 미리 알게 되는 것이 성장에 득이 될지 해가 될지 판단하기 어려워서였다.

그런데도 결국 레번은 똑같은 기술, 다운 힐을 창안해 버린 것이다.

"역사가 바뀌어도 어느 정도는 따라간다는 건가요?"

"저야 잘 모르죠."

바로스가 어깨를 으쓱였다.

"도련님이 시공 복원력 가설이니 뭐니 하신 것 같긴 한데……."

"시공 복원력요?"

"시공 마법 연구하는 마법사들 사이에서 나온 가설이래요. 주류는 아니어서 도련님은 무시했다던데."

레번이 희한해하며 물었다.

"그 시공 마법이란 걸 연구하는 마법사가 굉장히 많은가보죠? 주류, 비주류가 다 갈릴 정도면."

"그게, 몇 명 안 된대요."

그러니까 1~2명만으로 주류, 비주류가 확 나뉘어 버린다.

혹은, 보다 성취 높은 마법사가 추앙하는 것이 주류가 되거나.

"그래서 사실 비주류라고 주류에 비해 가능성이 적은 것도 아니라고 하시던데……."

실소하며 바로스가 고개를 저었다.

"이 이상은 도련님께 직접 여쭤보세요. 저도 그냥 주워들은 게 전부입니다."

"하긴 그렇겠군요."

조금 휴식을 취한 뒤 이번엔 세라티와 레번이 대련을 펼쳤다.

"부탁드립니다, 세라티 경!"

"저야말로, 레번 경."

이 대련은 어디까지나 레번이 오러 각성을 깨닫는 감각을 붙잡기 위한 것이라 오러는 쓰지 않는다.

그래서 평범하게 검술로만 붙는 대련이었는데…….

'와, 레번 경 대단하네!'

공방을 주고받으며 세라티는 순수하게 감탄했다.

레번의 기술과 전투 감각은 굉장한 수준이라, 몇 번이나 허점을 내주어야 했다.

무려 청색급 오러 유저, 경지로만 치면 레번보다 그녀가 몇 단계나 위에 있음에도 이런 결과가 나오는 것이다.

물론 그렇다고 세라티가 밀린다는 소린 아니고.

"헉, 허억, 헉……."

가쁜 숨을 몰아쉬며 레번은 계속 참격을 날렸다.

하지만 세라티의 방어는 그야말로 철벽이었다.

분명 허점을 파악할 수는 있었지만, 파악한 빈틈을 파고들 만큼 레번의 참격이 강하지 못했거든.

단순히 세라티가 근력, 스피드, 반사 신경 등에서 압도적으로 우위였다.

오러를 외부로 구현하지 않아도 피지컬적인 면에서 너무 차이가 큰 것이다.

"역시 오러를 각성하기 전엔 한계가 명확하네요."

검을 거두며 레번이 혀를 찼다.

"제게 부족한 게 뭘까요?"

"글쎄요, 저도 그건 잘······."

잘 모르겠다며 세라티가 머리를 긁적였다.

반면, 바로스는 슬슬 감을 잡고 있었다.

'대충 알겠다. 이래서 레번 경이 그동안 오러 각성을 못 했던 거였구만.'

바로스가 그간 봐 온 레번은 틀림없이 성실한 성격이었다.

기회가 주어지면 결코 게으름 피우지 않고 열심히 수행에 매진한다.

그런데······.

'거참, 사람이 성실한데도 우직하지 않을 수가 있구만.'

레번은 검술에 대한 천부적인 재능을 지니고 있었다. 이건 의심할 여지가 없었다.

그래서 어떤 기술이건 한두 번만 마주하면 쉽게 따라 하고, 또 요체를 파악해 구현해 버린다.

'문제는 저 뛰어난 재능이 그동안 에밀의 존재에 가려져 있었다는 점이군.'

자라 온 환경이 문제였다.

레번은 어떤 기술이건 거의 완벽하게 따라 할 수 있다.

여기서 중요한 점은 '거의' 완벽하다는 부분이다. 100% 완벽한 것은 아니다.

대략 90% 정도의 완성도랄까?

실전에선 이 정도만으로도 완성된 기술이나 다름없다. 어지간한 달인이라도 저 차이는 느끼기 힘들다.

하지만 저기서 멈춰 버리면 오러 각성이라는 벽을 넘을 수 없는 것이다.

그래서 좋은 스승의 존재가 필수다.

완성과 거의 완성, 극히 미묘한 이 차이는 자신보다 앞선 경지의 무인만이 채워 줄 수 있다.

전생의 무왕 라피셀은 어린 나이에 무왕 벨티아 밑에서 가르침을 받아, 저 구간을 어렵지 않게 극복하고 착실히 검의 길을 걸을 수 있었다.

반면 레번에겐 에밀이라는 '방해꾼'이 존재했다.

형제니까 당연히 함께 검술을 수행했겠지. 둘 다 재능이 출중하니 뛰어난 모습을 보였을 것이고.

그런데 에밀의 재능이 레번보다 좀 더 뛰어났다.

레번이 대략 90%를 스스로 한다면 에밀은 95% 정도?

여기서 갤러드는 에밀에 맞춰 대충 5%만 채워 주고 다음 단계로 넘어가 버린 것이다!

'레번 경은 내내 95%에서 더 못 나아가고 머무른 셈이지.'

더 큰 문제는 레번 본인이 틀림없는 찬재라는 점이었다.

차라리 범재였다면 될 때까지 시도하고 또 시도해, 결국 스스로의 힘으로 벽을 넘었을 것이다. 세라티가 오러를 각성했을 때처럼.

레번의 검술은 너무 완성도가 높았다. 스스로 생각해 봐도 자신은 완벽하게 기술을 펼치고 있었다.

그럼에도 불구하고 에밀은 되고 자신은 안 된다?

자신감은 계속 없어지고, 뭔가 잘못하고 있는 것만 같고, 아버지는 에밀만 신경 쓰며 자신에겐 내내 그 정도면 잘하고 있다는 소리만 하고.

검을 휘두를 때마다 미세하게 방식을 바꾸고 또 바꿨다.

일반인이었다면, 하라는 대로 안 하고 딴짓하는 것이니 약해져야 정상이겠지.

하지만 본인의 재능이 출중하니 그 바꾼 방식마저도 이치를 벗어나지 않는다.

결과적으로 새로운 기술, 새로운 검술의 하나가 되어 버린다.

성실하게 검술에 매진하면서도, 정작 기술을 우직하게 익히진 않은 셈이었다.

'오러를 각성하려면 하나를 깊게 파고들어야 하는데 말이지.'

사실 이것도 마냥 헛고생은 아니다.

이는 말하자면 엄청나게 넓게 검술에 매진했다는 소리.

일반적인 검사와는 다른 의미로 기본기를 착실하게 다졌다고 할 수 있다.

그래서 비교적 뒤늦게 오러를 각성했음에도 빠르게 무왕의 자리까지 오른 것이다. 바탕이 되는 검술의 영역이 워낙 방대했으니까.

'어쨌든 이건 나중의 이야기고.'

레번의 문제가 뭔지 알겠다.

'어린 시절 기본기만 좀 확실하게 잡았다면 이후엔 알아서 개화할 재능이었는데, 갤러드와 에밀 사이에 치여서 어쩌다 보니 상황이 좀 꼬였군.'

물론 이대로 레번이 영영 오러 각성 못 한다는 소리는 아니다.

이대로 허송세월을 좀 보내도 결국 오러 유저가 되긴 될 것이다. 남들처럼 평범하게 20대 중후반쯤에.

'하지만 지금 당장이라도 오러 각성하기에 충분한 능력을 지니고 있는데 시간 낭비하긴 역시 억울하지?'

바로스는 대체 갤러드가 무슨 수로 레번을 가르쳤는지 추측해 보았다.

일단 이유를 알고 나니 해답 역시 어렵지 않게 나왔다.

에밀을 잃은 갤러드는 레번을 무섭게 다그쳤다고 들었다.

하지만 그 과정에서 딱히 남들이 모르는 기상천외한 가르침을 펼친 것은 아니었다.

오히려 반대.

'원래 했어야 할 걸 여태 안 하다가, 첫째 아들 잃고 나서야 제대로 스승 노릇 했다는 소리였어.'

역시 위대한 무왕이라고 해서 좋은 아버지, 좋은 스승이란 법은 없는 것 같다.

하여튼 해답도 찾았으니 이제 레번을 오러 유저로 만들기만 하면 될 터.

그제야 바로스는 당황했다.

"어라?"

갤러드 경이 어떤 식으로 레번 경을 훈련시켰는지는 알겠다.

"이건 지금의 나는 못 하는 방식이잖아?"

                          ⚜

"못 해? 왜 못 해?"

카르나크의 질문에 바로스가 어깨를 으쓱였다.

"어느 정도 오러양이 받쳐 줘야 가능한 방식이거든요, 이거."

수준이 낮을 때는 말로 설명하고 시범을 보이는 것만으로도 충분하다.

하지만 레번 정도의 천재가 지닌, 아주 미세하게 모자란 부분을 콕 짚어 알려 준다?

"이건 역시 기술 펼칠 때마다 오러로 세밀하게 지적을 해 줘야 하는데, 지금 제 오러양으론 무리죠."

"오러 유저 되는 게 그렇게 힘든 거였냐?"

카르나크가 고개를 갸웃거렸다.

"세라티는 딱히 스승 없이도 알아서 각성했다던데."

"그야 세라티 경은 무난한 범재니까요."

무난한 범재라는 게 반드시 천재에 비해 뒤떨어지는 것은 아니다.

모든 재능이 고르게 발달되어 있는, 많은 이들에게서 검증된 정해진 길을 착실히 따라가는 것만으로 성과를 얻을 수 있는 인재라는 소리도 되는 것이다.

"사실 천재니 범재니 해도 결국 인간이란 생물이 거기서 거기잖아요. 열심히 하다 보면 보통 어느 정도 수준은 되죠. 저 보시면 알잖아요?"

"그건 그래. 인간에게 뭐 그리 큰 기대를 걸겠냐."

"사실 레번 경도, 오히려 스트라우스 가문에서 태어나지 않고 평범하게 검술을 연마했으면 진작 오러 유저가 되었을 걸요."

레번 입장에선 저 특이한 성장 환경이 오히려 독이었던 것이다.

물론 그 독 덕분에 오러 각성 이후엔 남들보다 빠르게 무왕의 경지에 오른 것도 사실이니, 꼭 나쁘다고 할 순 없지만.

하여튼 현재 바로스의 경지론 충분히 레번의 부족한 점을 파악할 수 있었다.

하지만 그걸 지적해 줄 능력이 부족하다.

"적어도 제가 자색급 정도는 올라야 가능할 것 같더군요."

세라티 역시 청색급에 불과하니 불가능하긴 마찬가지.

게다가 그녀 수준으론 애초에 허점을 지적해 줄 수도 없다. 바로스도 영혼만큼은 무왕급이라 가능한 것이니까.

바로스가 혀를 찼다.

"문제점도 파악했고 해결법도 알겠는데 시행할 방법이 없네요."

카르나크가 차분히 고개를 끄덕였다.

"그러니까, 레번에게 100% 완성된 기술을 알려 주면 된다는 거지?"

그리고 별거 아니란 듯 어깨를 으쓱였다.

"쉽지 않냐, 그거?"

"엥? 어떻게요?"

⁂

제스트라드 저택 한편에 은밀하게 세워진 개인 연무장.

주위를 둘러보며 레번이 고개를 갸웃거렸다.

"굳이 이렇게 비밀리에 해야 하는 일입니까?"

오러 각성을 위한 특별 수행을 하겠다며 여기로 데리고 오기에 따라왔는데, 들어오자마자 문부터 걸어 잠근 것이다.

'혹시 제스트라드 가문에 비밀리에 전해져 오는 오러 각성법이라도 있나?'

미안하지만 그런 건 아닐 것 같았다.

카르나크와 바로스, 저 둘의 대단함에 대해서는 절대 부인하지 않지만…….

'솔직히 가문 자체는 진짜 별 볼 일 없던데.'

한편 세라티는 카르나크를 바라보며 인상을 구기고 있었다.

"진짜 그거 하시려고요?"

"응."

"정말 해도 되는 거예요?"

"안 될 건 또 뭔데?"

태연하게 대꾸하며 카르나크가 바로스에게 손짓을 했다.

바로스가 그에게 다가가더니 넙죽 고개를 숙였다.

레번의 안색이 살짝 굳었다.

'저건?'

뎀피스와 싸울 때 비슷한 일이 있지 않았던가?

"잠깐만요, 지금 대체 뭘…….'

막 그가 입을 열려 할 때였다.

카르나크의 주문이 더 빨랐다.

"정신을 열고 받아들여라! 이는 그대의 주인의 명이다!"

바로스의 눈빛이 멍해지며 인형처럼 단조로운 동작을 취한다. 동시에 레번의 표정이 싹 변한다.

'헉! 이거 뭐야!'

사령술을 이용해 바로스의 영혼을 레번의 육체에 빙의시킨 것이다.

레번 역시 카르나크의 권속이 되었으니 아무 저항 없이 빙의가 가능하다.

"오, 레번 경 육체도 상당한 수준인데요?"

잠시 팔다리를 움직여 보더니, 레번 속의 바로스가 검을 뽑았다.

그리고 정신을 집중한다.

부우우웅!

이내 눈부신 붉은 섬광이 칼날을 타고 흘렀다.

레번의 입술 사이로 안쓰러워하는 목소리가 새어 나왔다.

"그래, 이 좋은 몸으로 왜 아직도 이걸 못 하냐고."

　

붉은 투기검이 허공을 가른다. 이글거리는 적색 검광이 우아한 곡선을 새기고 또 새긴다.

"헙! 타앗! 핫!"

기합을 외쳐 가며 바로스는 차분히 검술을 펼쳤다.

실전보다는 연무에 가까운, 오러의 흐름을 올바로 보여 주기 위한 검술이었다.

그렇게 한동안 기본기를 선보이고, 이번엔 레번을 위한 특별 기술까지 이어 간다.

화려한 초승달 검광이 연달아 번득이는 2단 올려 베기.

ㅡ오버 킬!

그리고 곧바로 폭포처럼 내려찍는 장절한 일격.

ㅡ다운 힐!

일부러 레번이 직접 창안한 기술을 오러로 펼쳐, 정확한 감각을 전해 주는 것이다.

그 모습을 지켜보던 세라티가 고개를 갸웃거렸다.

"저런다고 정말 오러를 익힐 수 있을까요?"

빙의로 경지 올리겠다는 아이디어는 이번이 처음이 아니다.

"그 전에 미쳐 버린다면서요."

"그렇긴 한데, 레번은 워낙 천재니까 혹시나 해서 말이지."

사실 카르나크도 밑져야 본전이란 생각으로 시도한 것이긴 했다.

"한두 번 정도는 실패한다고 해도 딱히 리스크가 없잖아."

"그래도, 몇 번 할 수 없는 건데 횟수 아깝진 않고요?"

이어진 그녀의 질문에 바로스가 대신 답했다.

"아, 그건 괜찮아요. 레번 경 몸은 딱히 아쉽지 않거든요."

전생이야 어찌 되었건, 현생에선 세라티가 아직 바로스보다 상위의 오러 유저다.

그래서 그녀의 육체로 옮겨 탈 땐 확실한 메리트가 있었다.

그런데 레번은 아니잖아?

"이미 내 몸이 더 센데, 굳이 전투 중에 레번 경 몸 훔칠 이유가 없죠."

그러니 이런 식으로라도 써먹는 게 남는 장사라는 것이다.

한동안 검무를 펼치더니 레번 속 바로스가 검을 거뒀다.

"슬슬 시간이 다 되어 가는 것 같군요."

한 번에 빙의를 너무 오래 지속해도 사람 미친다. 적당할 때 해제해야 한다.

카르나크가 술법을 풀었다.

바로스가 자신의 육체로 돌아가자 레번이 무릎을 꿇고 격한 숨을 내쉬었다.

"헉! 허억! 헉!"

"어때?"

"맙소사, 이게 무슨……."

경악한 레번을 보며 세라티는 동병상련을 느꼈다.

'그래, 놀랄 만하지.'

그녀 역시 두 번이나 몸을 빼앗겨 본 처지였다. 자신의 몸이 타인의 것처럼 움직이는 저 불쾌한 감각은 익히 알고 있었다.

……라고 생각했는데.

"오러란 게 이렇게 간단한 거였다니."

"엥?"

레번의 반응이 어째 예상외였다.

"그동안 고생한 게 억울할 정도네요."

투덜대며 레번이 검을 뽑아 들었다. 그리고 잠시 까닥거렸다.

우우우웅!

곧바로 붉은 투기검이 칼날을 타고 흘렀다.

너무나도 쉽게 오러를 각성해 버린 것이다.

"이렇게 하는 거였구나, 그것 참."

별것 아니라는 듯 뇌까리는 그를 보며 자기도 모르게 투덜대는 세라티였다.

"……와, 재수 없어."

오후의 햇살이 강렬하게 내리쬐는 외부 연무장.

두 남녀가 강렬한 투기를 발하며 맞붙고 있었다.

붉은 오러가 연신 허공을 가른다. 그리고 푸른 오러에 막혀 매번 밀려난다.

쾅! 콰콰쾅! 콰쾅!

폭음 속에서 레번은 계속해 투기검을 휘둘렀다.

검날이 충돌할 때마다 계속 밀리면서도 결코 쓰러지진 않는다. 매번 재빨리 자세를 바꿔 균형을 회복하며 덤벼 온다.

"타아앗!"

거친 기합과 함께 레번의 참격이 세라티의 어깨를 노렸다.

그리고 곧바로 튕겨 나갔다.

"킥!"

신음을 흘리며 물러선 레번이 거친 숨을 몰아쉬었다.

"역시 세라티 경을 따라잡으려면 아직 멀었군요."

하긴, 그는 이제 갓 오러를 터득했을 뿐이다. 당연히 갈 길은 멀고도 멀다.

정신을 가다듬으며 레번은 자세를 잡았다.

"한 번 더 부탁드립니다!"

그런 그를 세라티는 묘한 기분으로 바라보고 있었다.

'진짜 갑자기 확 강해졌잖아?'

자신은 청색급이고 오러 각성한 지도 5년 가까이 되었다.

반면 레번은? 오러 유저 된 지 한 5시간 지났나?

그런데도 실력 차이를 이렇게나 좁혀 버리다니…….

'진짜 타고난 인간들은 짜증 나네.'

아니, 이렇게 생각하면 안 된다. 스스로에게 주어진 것을 인정하고 차분하게 나아가야 한다.

마음을 가다듬고 세라티도 다시 투기검을 겨누었다.

"다시 갑니다, 레번 경!"

"네!"

맹렬한 투기의 공방이 이어졌다.

계속 집중하며 그녀는 정신을 가다듬었다.

'뒤처질 순 없어!'

아무리 상대가 천재고, 미래의 무왕이 될 운명이라지만…….

'나도 검에 뜻을 둔 무인! 이대로 밀리지만은 않아!'

몇 차례 공방 끝에 레번이 강수를 두었다.

'지금이다!'

오러를 각성하고 나니 신체 전반이 놀랍도록 가볍고 빨라졌다. 지금이라면 머릿속에서 이미지로만 펼치던 가전 검술도 가능할 것 같았다.

─풍왕의 난격!

델피아드 검투술의 비전 중 하나로, 한 호흡에 아홉 번의 연격을 날리는 검술이었다.

순식간에 세라티의 시야가 검광으로 가득 찼다.

그녀의 속눈썹이 살짝 떨렸다.

'이건?'

이대로 전력을 다해 날아드는 검세 전체를 찢어 버리는 것은 가능하다. 청색급과 적색급엔 그 정도 격차가 있다.

하지만 이는 실력을 상승시키기 위한 대련이지, 목숨을 건 실전이 아니다.

'기술로 뒤떨어지는 걸 무식하게 힘으로 눌러 봐야 아무 도움도 되지 않아.'

흥분을 가라앉히고 차분하게.

힘에 힘으로 대항하지 말고 부드럽게 받아넘긴다!

"하앗!"

짧은 기합과 함께 세라티의 푸른 오러가 레번의 공세 사이로 파고들었다.

노도처럼 쏟아지던 붉은 폭우가 기묘하게 뒤틀어지며 사방으로 흩어지기 시작했다.

"헉?"

놀란 레번의 자세가 헝클어졌다.

동시에 내뻗은 오러가 도로 역류한다!

콰쾅!

폭음과 함께 레번이 나가떨어져 바닥을 나뒹굴었다.

자신의 힘에 자기가 당한 셈이었다.

피지컬이나 오러양이 아니라, 기량에서 패한 것이다.

"……수고하셨습니다."

간신히 한마디를 남긴 뒤 그는 그대로 자빠져 버렸다. 온

몸이 쑤셔서 도저히 일어날 수 없었다.

푸른 하늘을 보며 쓴웃음을 짓는 레번이었다.

'아, 역시 갈 길이 멀구나…….'

둘의 대련을 지켜보며 바로스는 고개를 끄덕였다.

'많이 늘었군, 세라티 경도.'

그야말로 착실하게, 충실하게, 성실하게 실력이 늘고 있다.

'이거 키우는 맛이 있는데?'

반드시 하나를 가르치면 열을 깨닫는 천재라야 강자가 될수 있는 건 아니다.

하나 가르쳐서 그 하나를 제대로 익히기만 해도 충분하다. 그냥 차근차근 열을 가르치면 될 일이니까.

"후우우……."

호흡을 고르는 세라티에게 다가가며 바로스가 검을 뽑았다.

"오랜만에 대련 한번 하실까요?"

눈을 반짝이며 그녀도 자세를 잡았다.

"네!"

안 그래도 레번을 기량으로 꺾으며 자신감이 많이 돌아온 세라티였다.

'내가 아직 이 인간들에게 밀리진 않지?'

물론 감히 바로스를 이기진 못하겠지. 경험에서 워낙 차이가 심하니까.

하지만 아직까지 그녀가 경지만큼은 앞서 있었다.

적어도 밀리지 않고 맞서 싸울 순 있을 터.

"부탁드립니다!"

당당하게 외친 세라티의 눈에 바로스의 투기검이 비쳤다.

부우우웅!

순식간에 발현되며 칼날을 감싸는 푸른 투기검이.

"……어?"

순간 무리해서 경지를 끌어올린 건가 싶었다. 하지만 아니었다.

아주 자연스럽게, 부드러운 기류를 타고 청색의 오러를 발하고 있다.

"바로스 경? 청색급 되신 거예요? 대체 언제?"

"슬슬 될 때 됐죠. 한동안 잘 먹고 푹 쉬었잖아요?"

"잘 먹고 푹 쉬면 경지가 올라요?"

"저야 그렇죠, 뭐."

하긴, 바로스는 벽 자체는 진작 다 뛰어넘은 괴물이었다.

"와, 저쯤 되니 재수 없다는 느낌조차 안 드네."

"네?"

"아뇨, 아무것도. 오호호."

애써 웃으며 세라티는 검을 고쳐 쥐었다.

아무래도 뒤처지는 것 자체는 감수할 수밖에 없을 것 같았다.

살짝 목표를 수정했다.

'그, 그래도 많이 뒤처질 순 없어!'

바로스와 세라티의 대련은 실로 치열했다.

어디까지나 세라티만.

바로스는 느긋하기 그지없는데 그녀 혼자 작신작신 두들겨 맞는다.

퍽! 퍼벅! 퍽!

"아오! 윽! 꺅! 켁!"

처맞던 세라티가 억울한 듯 언성을 높였다.

"아니, 왜 오러로 패는데 베이지 않고 타격이 들어와요?"

"유능제강요."

"유능제강이 오러로 몽둥이 만드는 기술은 아니잖아요!"

"강하게 벨 걸, 부드럽게 패는 거예요."

'……그렇게 말하니까 또 맞는 것 같기도 하고?'

하여튼 너무 힘들다.

그나마 청색급의 경지에 오른 뒤론 바로스 상대로도 그럭저럭 버텼는데, 도로 예전처럼 아무것도 못하는 처지가 된 것이다.

하지만 굴복하지 않는다!

"타아아앗!"

그런 세라티의 모습에 라피셀은 눈을 빛냈다.

'역시 언니는 대단하셔.'

그녀는 레번과 함께 연무장 한편에서 대련을 지켜보고 있었다.

남의 대련에서 얻는 것도 상당하니 결코 허투루 넘길 수 없었다.

악착같이 덤벼드는 세라티를 보며 새삼 존경의 염을 품는다.

'저렇게 둔한데도 저렇게 강해지시다니.'

뭔가 굉장히 싸가지없는 생각을 한 것 같지만, 소녀는 미처 인식하지 못했다.

사실 어쩔 수 없는 것이기도 했다.

기억만 없을 뿐이지 여전히 무왕의 영혼이니까.

본능적으로 세라티의 무재가 자신에 비해 썩 대단하지 않다는 건 알고 있는 것이다.

이건 그냥 저절로 알아차리게 되는 것이라 어쩔 수 없다.

하지만 그것이 존경하지 않을 이유는 되지 않는다.

아니, 오히려 더 놀랍지.

곰이 앞발로 나무를 꺾는 건 하나도 대단하지 않지만. 인간이 맨손으로 나무를 꺾는 건 실로 경이롭지 않은가?

될 놈이 되는 것과 안될 놈이 되는 것.

당연히 후자에 경의를 표해야 한다는 것이 라피셀의 사상이었다.

뭐, 세라티가 알았으면 그딴 존경 필요 없다며 치를 떨었겠지만.

게다가 재능이고 나발이고 지금 당장은 세라티가 그녀보다 월등히 강한 것이 사실이다.

'어떻게 해야 나도 저렇게 강해질 수 있을까?'

잠시 후 둘의 대련이 끝났다.

"아이고, 삭신이야……."

신음하며 세라티가 물러서자 라피셀이 눈치를 보며 몸을 일으켰다. 그리고 종종걸음으로 다가가 청했다.

"바로스 오빠, 저도 대련하고 싶어요!"

"어, 그래."

어차피 바로스는 땀 한 방울 나지 않은 터라 연속으로 대련을 해도 아무 문제가 없다.

두 사람이 서로 검을 겨눌 때였다.

잠시 라피셀을 위아래로 훑어보더니 바로스가 묘한 질문을 했다.

"슬슬 때가 되지 않았니?"

"아, 해도 되려나요?"

"될 것 같은데."

"......?"

무슨 소릴 하고 있는 건지 모르겠다 싶어 세라티가 고개를 갸웃거릴 때였다.

라피셀이 낭랑한 기합을 터트렸다.

"이얍!"

부우우웅!

찬란한 붉은 오러가 그녀의 칼날을 뒤덮어 간다.

"엥?"

기겁한 세라티가 두 눈을 치켜떴다.

"라피셀, 너 언제 오러를?"

잿빛 머리 소녀가 귀엽게 웃었다.

"헤헤, 왠지 될 거 같아서요."

놀랄 것도 없다며, 바로스가 한번 했던 소리를 똑같이 되풀이했다.

"슬슬 될 때 됐죠. 한동안 잘 먹고 푹 쉬었잖아요?"

그렇다.

잘 먹고 푹 쉬면 알아서 경지 오르는 건 라피셀도 마찬가지인 것이다.

둘 다 영혼 자체는 일찌감치 모든 벽을 뛰어넘은 상태니까.

따져 보면 당연한 결과다. 딱히 놀랄 건 없다.

'그런데 왜 억울하지?'

기막혀하는 세라티를 향해 레번이 혀를 내둘렀다.

"와, 진짜 세상에 천재란 게 있긴 있군요?"

'댁이 할 소리가 아니야!'

"음? 왜 그런 눈빛을?"

그저 한숨만 나오는 세라티였다.

"에휴, 됐어요."

✳

다음 날, 오랜만에 외부 연무장이 사람들로 바글거렸다.

제스트라드 가문의 기사들이 기나긴 요양을 끝내고 몸을 풀기 위해 연무장으로 나온 것이다.

하지만 현재 그들은 연무장 입구에서 입을 쩍 벌린 채 멍하니 서 있을 뿐이었다.

"이게 무슨……."

분명히 예전엔 세라티 경 1명만으로 다들 경악하며 감탄했던 기억이 생생하다.

그런데 막상 돌아와 보니 죄다 손에 투기검 쥔 채 태연자약하게 휘둘러 대고 있는 것이 아닌가?

"바로스 저 아이가 언제 저런 경지에?"

"저 청년은 또 누구요?"

"심지어 저 소녀는 기껏해야 열서너 살밖에 안 된 것 같소만?"

"허허허……."

오래전부터 남작가를 섬겼던 고참 기사, 토레스 경이 허탈한 음성을 흘렸다.

"언제부터 우리 영지에 이렇게 오러 유저가 득실거리게 된 거지?"

달조차 구름 뒤로 숨은 깊은 밤.

한참 서류를 들여다보던 카르나크는 문득 고개를 갸웃거렸다.

저 멀리 저택 뒤뜰에서 '또' 기괴한 소음이 들려온 탓이다.

"뒤처지지 않을 거야아아아아!"

"세라티 저거, 왜 야밤에 잠도 안 자고 저 난리야?"

요즘 들어 계속 저러는데 이유를 모르겠다.

창문이라도 열어 볼까 싶어 카르나크가 고개를 돌릴 때였다. 방문 두들기는 소리가 들렸다.

"도련님, 야식요."

"들어와."

이내 바로스가 과자 그릇을 들고 집무실로 들어섰다.

오러 유저까지 된 지금도, 그는 여전히 카르나크의 간식 준비를 손수 담당하고 있었다.

그래서 하녀들 사이에선 강해진 후에도 겸손함을 잃지 않는다며 꽤나 호의를 보내오는 모양이었다.

물론 진실은 이쪽이지만.

바로스가 그릇에 담긴 과자를 반으로 갈라 카르나크에게 내밀었다.

"자, 절반 드쇼."

"야, 내 간식 절반을 너한테 주는 거거든? 네가 절반을 날 주는 게 아니라."

"어차피 그게 그거 아닙니까?"

물론 저 정도 건방진 모습은 100년 넘게 봐 온지라 어색하지조차 않다.

두 사람은 사이좋게 야식용 과자를 냠냠 입에 넣었다.

"그나저나 왜 부르셨습니까?"

카르나크가 뒤를 가리켰다.

"쟤 때문에."

그림자 너머로 누군가가 모습을 드러냈다.

"오랜만이오, 바로스 경."

나타난 이는 푸석한 금발을 지닌 20대 청년이었다.

바로스가 잠시 인상을 썼다.

"엥? 저거 제 얼굴 아닙니까, 도련님?"

"응, 네 얼굴 맞아."

카르나크의 대꾸에 금발 청년이 잠시 얼굴을 매만졌다.

"아차, 빌린 얼굴이었는데 미처 안 고쳤군요."

인간의 형상이 반투명해지며 푸른 해골이 비친다.

두개골 생긴 걸 본 바로스가 고개를 끄덕였다.

"누군가 했더니 뎀피스 공이었군요."

해골 보고 사람 구별하는 건 카르나크뿐만이 아니었던 것이다.

과자를 마저 삼키며 카르나크가 중얼거렸다.

"뎀피스도 왔으니까 밀린 일을 진행해야지."

일단 확보!

어둠이 짙게 깔린 외딴 숲속에 낡고 허름한 오두막 하나가 세워져 있었다.

오랫동안 버려진 듯 이끼가 가득 낀 목조건물로, 카르나크가 몰래 만들어 둔 은신처 중 하나였다.

앞으로도 떳떳지 못한 짓을 할 일이 많을 것 같아, 아예 인적 없는 곳에 비밀 은신처를 따로 만들어 둔 것이었다.

주위를 둘러보며 세라티가 혀를 찼다.

"와, 너무하신 거 아니에요?"

그녀가 저런 말을 한 이유가 있었다.

이곳은 데벤토르 자작령 외곽의 숲인 것이다!

또 여기서 뭔가 저지르고 데벤토르 쪽에 뒤집어씌우겠다

는 속셈이 뻔히 보인다.

"그만 저쪽 좀 놓아주지 그러세요?"

카르나크가 어깨를 으쓱였다.

"에이, 그 정도는 아니야. 나도 양심은 있거든."

그래서 이번엔 최대한 들키지 않게 노력할 셈이라는 듯하다.

"들키면 뒤집어씌우는 건 똑같고요?"

"안 들키면 되잖아, 안 들키면."

"어휴."

한숨을 쉬며 세라티가 고개를 절레절레 저었다.

뒤를 따르던 평범한 중년인이 카르나크에게 물었다.

"이곳입니까?"

"응."

낡은 오두막 문이 삐걱거리며 열렸다. 그리고 검은 로브를 걸친 해골 하나가 자연스레 걸어 나왔다.

"어서 오십시오, 주인님."

눈앞에서 해골이 걸어 나왔는데 아무도 놀라지 않는다.

카르나크 일행이야 그렇다 치고, 평범해 보이는 중년인마저도.

"오랜만이군, 말로카 공. 근 1년 만인가?"

태연하게 통성명을 하며 중년인이 얼굴을 만졌다.

이내 그의 머리가 인간이 아닌 해골의 그것으로 바뀌었다.

중년인의 정체는 인간으로 위장한 아크 리치, 템피스였던 것이다.

평소엔 바로스의 얼굴을 하고 지내지만 지금은 본인이 있으니 그럴 수 없다. 그래서 익숙한 옛 모습, 유스틸 왕국 궁정 마법사 달라스였던 시절의 외모를 취하는 중이었다.

역시나 같은 아크 리치인 말로카가 부드럽게 응대했다.

"내 입장에선 그 정도로 오랜만은 아니라네, 템피스 공."

미래에서 시공 회귀를 할 땐 똑같이 출발한 둘이었다.

하지만 도착 시기는 전혀 달랐으니, 템피스는 이 시대로 회귀한 지 1년이 넘었지만 말로카는 아직 반년이 채 지나지 않았다.

어쨌거나 해골 둘을 옆에 끼고 계속 밖에서 떠들어 댈 순 없다.

카르나크가 오두막 쪽을 손짓했다.

"일단 안으로 들어가지."

꿈꿈

오두막에 들어선 카르나크 일행은 낡은 테이블에 둘러앉았다.

템피스와 말로카를 번갈아 보며 카르나크가 품속에서 칠흑의 정육면체 3개를 꺼냈다.

"둘 다 모인 김에 이것부터 좀 확인하자."

역시공 초월체였다.

"이거, 3개일 수 없다며?"

마녀를 퇴치하고 얻은 것 하나, 뎀피스와 말로카에게서 빼앗은 것이 하나씩이다.

말로카가 고개를 끄덕였다.

"예, 적어도 제가 아는 범위 내에선 그렇습니다."

테스라낙에게서 역시공 초월체의 제작 술식을 전해 받은 이는 총 4명뿐이다.

네크로피아 제국의 4대 총독인 동의 말로카, 서의 칼라프, 남의 뎀피스, 북의 티라파트.

"혹시 칼라프 공이나 티라파트 공이 시공 회귀한 후 만든 건 아닐까요?"

뎀피스의 추측에 카르나크가 고개를 저었다.

"그럴 가능성은 없어."

이건 단언할 수 있었다.

이미 그는 칼라프와 티라파트의 유골을 확보하고 있는 것이다.

혹시 다른 유골을 통해 부활했을 수도 있지 않느냐고?

"그 경우라면 아크 리치의 권능을 회복하는 데 엄청난 시간이 걸릴 테니, 마찬가지로 역시공 초월체를 만들 수 없겠지. 그럴 능력이 안 되니까."

"그, 그렇군요."

"그렇다면 더더욱 짐작이 가는 곳이 없습니다만."

당황한 두 아크 리치를 노려보며 카르나크가 재차 물었다.

"다른 누군가가 이걸 만들었을 가능성은?"

검은 신의 교단에는 뎀피스와 말로카 말고도 강력한 마법사나 사령술사가 꽤나 많다.

"검은 신의 교단에서 자네들 없이 따로 이걸 만드는 방법을 개발했을지도 모르잖아?"

두 아크 리치가 두개골을 갸웃거렸다.

"글쎄요, 장담이야 할 수 없습니다만……."

"가능할 것 같진 않습니다."

역시공 초월체의 제작엔 단순히 술식만 있으면 되는 것이 아니다.

테스라낙이 부여한 영기의 씨앗이 필요하다.

이 씨앗을 강력한 언데드가 품에 지닌 채 지속적으로 어둠의 힘을 부여해 싹을 틔우는 방식이다.

"그래서 저희가 선택된 것입니다."

"현시대엔, 영기의 씨앗을 받아들일 정도로 강력한 언데드가 아직 없었으니까요."

"그렇군."

잠시 고민한 카르나크가 재차 물었다.

"엘레자르가 대신 영기의 씨앗을 만들 가능성은?"

이번엔 두 아크 리치가 꽤나 확신을 담아 대답했다.

"카르나크 님께선 다른 시공의 테스라낙이시지요?"

"그렇다면 엘레자르에게 그런 능력이 있는지 없는지도 잘 아시지 않겠습니까?"

순간 카르나크가 발끈했다.

"야, 테스라낙이 다른 시공의 나인 거야. 기분 나쁘게, 무슨."

"죄, 죄송합니다."

"게다가 다른 시공인지 어떤지도 아직 확실하지 않거든?"

"전 어디까지나 비유적으로 드린 말씀인지라……."

알아서 기는 두 사람을 보며 카르나크는 빙그레 웃었다.

문득 네크로피아 제국 시절의 추억이 떠올랐다.

'저 모습도 오랜만에 보네.'

어쨌든 맞는 말이긴 하다.

엘레자르는 분명히 위대한 마법사이고, 마법이란 측면에선 아무리 카르나크라도 한 수 접어주어야 한다.

하지만 사령술 측면이라면?

"무리지, 엘레자르 수준으론."

당장 카르나크 자신도 아직 테스라낙이 무슨 수를 쓴 건지 잘 모르겠는데, 엘레자르가 그 정도로 엄청난 사령술사일 것 같진 않았다.

"게다가 그런 방법이 있었다면 테스라낙도 굳이 이렇게 복잡한 절차를 밟진 않았겠지."

네 총독을 이용해 역시공 초월체를 제작하게 만든 시점에서, 테스라낙 또한 다른 방법을 찾지는 못했다는 소리가 된다.

그렇다면 더더욱 의문이다.

대체 이 세 번째 역시공 초월체는 어디서 튀어나온 것이란 말인가?

턱을 매만지며 카르나크는 잠시 생각에 잠겼다.

"영기의 씨앗이라……."

그리고 테이블 위의 정육면체를 툭툭 쳤다.

"좀 더 살펴봐. 추가로 뭐 느껴지는 건 없어?"

말로카가 조심스레 물었다.

"뭘 찾아야 하는 겁니까?"

"아무거나. 출처에 대한 단서 같은 걸 발견할지도 모르잖아."

<hr />

뎀피스와 말로카는 열심히 역시공 초월체를 살폈다.

특히나 자신들이 만든 게 아닌, 마녀에게서 비롯된 제3의 정육면체를.

한참 후 뎀피스가 자신 없는 목소리로 말했다.

"도저히 모르겠군요."

말로카 역시 마찬가지였다.

"도대체 어디서 이런 것이 나타난 건지……."

카르나크가 심드렁하게 읊조렸다.

"결국 우리가 아는 거라곤, 이게 미완성 상태라는 것뿐인가?"

말로카 덕분에 역시공 초월체를 해제할 수 있게 되었다. 덕분에 내부 정보에 대해서도 꽤나 얻었다.

이 세 정육면체는 겉보기엔 똑같아도 완성도에서 꽤 차이가 난다.

뎀피스가 100%라면 마녀의 시체는 70%, 말로카는 50%에 불과하다.

말로카와 카르나크의 정육면체는 미완성인 것이다.

생각해 보면 당연한 이야기였다.

완성되었다면 말로카도 진작에 자신의 담당을 시공 회귀시켰겠지.

"말로카, 자네 담당이 디오그레스라 했던가?"

"예."

3인의 대마법사 중 1명으로, 엘레자르와 달리 제국인임에도 제국과는 한 발자국 떨어져 있는 궁극의 마법사, 여명탑주 디오그레스 콜론.

"열심히 이 일에 매달리고 있었는데, 갑자기 카르나크 님

잡아 오란 임무가 떨어져 잠시 멈춘 상태였지요."

다만 완성도가 100%라 해서 내부의 혼돈마력이 100%란 소린 아니었다.

뎀피스는 이미 역시공 초월체를 사용해 미래의 레번을 부르는 데 성공했다.

덕분에 남은 혼돈마력은 상당히 고갈된 상태.

카르나크가 가져다 쓴 것은 마지막 남은 힘을 긁어다 쓴 것일 뿐이다.

한 번에 꺼내 쓸 수 있는 혼돈마력의 양이 일정하니 순간 마력량만 2배로 느껴진 것이다.

문득 생각난 듯 카르나크가 뎀피스의 정육면체를 집어 들었다.

"그러고 보니 이거, 시간 나는 대로 열심히 보충해 놔야겠네."

쓸 만한 외부 마력 저장소가 생긴 셈인데 이대로 썩혀 둘 수야 없다.

"원래 이런 용도로 만든 것은 아니겠지만 말이지."

역시공 초월체는 시공의 등대로 만든 것이지 외부 마력 저장소가 아니다.

하지만 실제 등대 또한 많은 양의 기름과 땔감을 항시 비축해 놓는 법이다. 그래야 불을 밝혀 바다 너머의 배를 유도할 수 있으니까.

즉, 등대 또한 원래 목적과는 다르지만 기름 저장고나 마찬가지다.

"그리고 이거, 미래 레번을 불렀다고 사라지거나 하진 않았잖아. 그렇다는 건 일회용은 아니란 소리지?"

뎀피스와 말로카가 고개를 끄덕였다.

"그렇습니다."

"저희도 첫 번째 임무를 마치면, 추가로 사령력을 다시 채운 뒤 다음 명령을 기다리라 들었습니다."

카르나크가 턱을 만졌다.

"하긴, 일회용이라면 애초에 4개만으로는 부족했겠지."

테스라낙의 계획을 실행하려면 불러야 할 미래의 수하들이 꽤 많다.

4대 무왕 중에선 아직 말리칸 툰이 남았고, 3인의 대마법사 중에도 디오그레스와 기엔 렌이 있으며, 타락한 여신의 교황 중에는 무려 6명이 남아 있다.

"추후에도 계속 혼돈마력을 리필해 가면서 미래의 부하들을 마저 시공 회귀시킬 속셈이었나 보군."

"잠깐만요, 카르나크 님."

이야기를 듣고 있던 세라티가 고개를 갸웃거렸다.

"그러니까, 저 검은 주사위는 하나만 있어도 미래인들을 다 부를 수 있었다는 소리인가요?"

"그렇겠지. 재충전만 잘한다면."

"그럼 왜 테스라낙은 굳이 4개나 만들려고 한 거죠?"

별것 아니라며 카르나크가 뇌까렸다.

"그건 나 같아도 그렇게 했을걸."

뭔가를 계획하고 준비하는 입장의 인간이라면, 무조건 차선책을 마련해 두고 싶어 하는 법이다.

"아크 리치가 4명이라 역시공 초월체를 4개까지 만들 수 있다? 그럼 당연히 가능한 범위 내에서 최대한 만들어 둬야지. 뭔가 변수가 생겨도 계획에 지장이 덜 생기게."

실제로 테스라낙의 선택은 옳았다.

당장 미래 레번을 부르는 과정에서부터 벌써 상황이 꼬여 버렸으니까 말이지.

카르나크가 세 번째 역시공 초월체, 마녀의 주사위를 노려보았다.

"그러고 보니, 혹시 저것도 추가 대책의 일종이려나?"

"예?"

"그 마녀가 테스라낙의 또 다른 추가 대책일 수도 있겠다고."

뎀피스와 말로카가 고개를 저었다.

"그럴 리가요."

"그런 일은 없었습니다."

역시공 초월체 제작 임무를 받은 것은 틀림없이 자신들, 네크로피아의 네 총독들뿐이었다.

하지만 카르나크는 다른 생각도 하고 있었다.

"아, 물론 너희가 시공 회귀하기 전에는 없었겠지. 하지만 그 이후에 추가로 뭔가를 했다면?"

"이후요?"

"그래, 이후."

시공 회귀는 순차적으로 이루어지지 않는다. 늦게 출발한 자가 오히려 먼저 도착하는 일도 얼마든지 생길 수 있다.

네 총독들을 시공 회귀시킨 후에 테스라낙이 추가 대책을 마련했고, 그 결과물이 저 마녀 주사위라 해도 있을 수 없는 일은 아닌 것이다.

"다만 이 가설도 살짝 이상하긴 해."

이 가설대로라면 테스라낙은 군이 네 총독을 이용해 보험까지 다 들어 놓고 또 추가 대책을 마련했다는 소리가 된다.

"아무리 나라도 저렇게까지 편집증적으로 굴진 않거든. 하지만 이건 내가 아니라 테스라낙 이야기니까……."

바로스가 고개를 끄덕였다.

"하긴, 도련님은 의외로 귀찮은 거 싫어하시죠. 일 미루는 것도 잘하시고."

고민하던 카르나크가 머리를 긁었다.

"에잉, 모르겠다. 나중에 고민하자."

"저거 봐요. 벌써 귀찮아지니까 고민 뒤로 미루시잖아."

"시끄러워, 바로스."

"넵!"

바로스가 잽싸게 화제를 돌렸다.

"그런데 이걸 확인하려고 굳이 뎀피스 공을 여기까지 부르신 겁니까?"

"꼭 그런 것만은 아니고."

아무리 카르나크라도 이 정도 일로 타국에서 일 잘하고 있는 수하를 일부러 부르진 않는다.

여기까지 오는 데만 며칠이 걸렸는데?

"진짜 볼일은 따로 있다. 이건 부른 김에 겸사겸사 확인한 것뿐이야."

카르나크가 한 무더기의 해골 더미를 늘어놓았다.

총독 보관소에서 챙겨 온 칼라프와 티라파트의 유골들이었다.

불길한 어둠이 짙게 드리운 지하실.

사악한 피의 마법진 위로 한 무더기의 유골들이 서서히 움직인다.

달그락, 달그락.

해골이 서로 엉겨 붙어 인간의 형상으로 조립되기 시작했다. 동시에 유령 같은 형체가 해골 곳곳을 뒤덮어 갔다.

공기가 어둠으로 요동치고 뼈마다 검은 마력이 흐른다.

강렬한 사기와 탁기가 하수구로 빨려 들어가듯 해골의 심장으로 모이고 또 모인다.

쿠쿠쿠쿠쿵!

잠시 후 섬뜩한 붉은 안광이 두개골 좌우로 번뜩였다.

턱뼈가 살며시 벌어지며 냉기의 숨결을 토했다.

"후우, 이곳이 과거인가?"

인세의 재앙이자 사령왕의 심복 중 하나로 무수한 죽음을 낳은 존재.

네크로피아 제국의 서부 총독, 아크 리치 칼라프의 부활이었다.

어둠의 장막을 두르며 칼라프는 마법진 밖으로 걸음을 옮겼다. 그리고 주위의 인간들을 향해 음산한 목소리를 흘렸다.

"그대들이 이 시대의 종사자들인가 보군."

자신의 유골이 위치한 곳이라면 필경 검은 신의 교단이 확보한 장소일 터.

"엘레자르 님은 어디 계시지?"

막 질문을 이어 가던 중이었다.

순간 칼라프의 눈동자가 살짝 커졌다.

"어?"

여기서 볼 거라곤 생각지도 못한 이들이 둘 있었다.

"뎀피스 공? 말로카 공?"

방금 전에 헤어진(어디까지나 칼라프의 감각에서는) 다른 총독들이 자신을 빤히 노려보고 있었던 것이다.

"그대들이 어찌 이곳에 있소? 설마 우리 모두 같은 시간대에 회귀한 거요?"

대답은 없었다.

뎀피스와 말로카 모두, 조용히 뼈로 된 양손을 들어 올릴 뿐이었다.

칼라프가 영기로 된 안구를 멍하니 껌뻑였다.

"……그리고 마법은 왜 준비하시는 겐가?"

※

불길한 어둠이 짙게 드리운 지하실.

사악한 피의 마법진 위로 한 무더기의 유골들이 '또' 움직인다.

달그락달그락.

쿠쿠쿠쿵!

대충 아까와 비슷한 일이 이어지고 이번엔 다른 해골이 몸을 일으켰다.

"후후후……."

음산하게 웃으며 네크로피아 제국의 북부 총독, 아크 리치 티라파트는 주위를 둘러보았다.

"시공 회귀는 성공한 것 같군."

눈앞에 흑발의 청년을 비롯한 몇몇 인간들이 보였다.

여기까진 이상할 것 없었다. 당연히 검은 신의 교도라 생각했으니까.

다만, 그 너머로 보이는 해골 머리통 3개는 상당히 이상하다.

"뎀피스 공에 말로카 공? 칼라프 공까지?"

아크 리치 셋의 안구가 형형하게 빛나기 시작했다.

동시에 뼈로 된 손가락 사이로 온갖 마법이 이글거리며 모습을 드러낸다.

당황한 티라파트가 오랜 동료들을 번갈아 살폈다.

"무슨 짓이오, 이게?"

슬프게도, 답변은 돌아오지 않았다.

<hr />

말로카 덕분에 역시공 초월체를 어느 정도 뜯어볼 수 있게 되었다. 그리고 이를 통해 몇몇 쓸 만한 정보도 알아냈다.

역시공 초월체로 정해진 시공에 귀환자를 인도하려면 두 가지 조건이 필요하다.

첫 번째, 귀환자의 과거 육체가 역시공 초월체와 함께해야 한다.

항구에 등대가 위치하는 것처럼 과거의 육체가 선박, 즉

시공 속 귀환자에게는 목적지인 항구가 되는 셈이었다.

역시공 초월체 없이 시공 회귀한 아크 리치들의 경우는 등대 없이 항구를 찾느라 제시간을 맞추지 못한 선박들에 가깝다. 그래서 함께 출발했어도 도착 시간대는 서로 중구난방이 되었다.

만약 모종의 이유로 부서지거나 해서 현세에 자신의 육체가 존재하지 않는다면?

항구를 끝내 찾지 못한 선박은 험한 풍랑 속에서 좌초하겠지.

운 좋으면 표류해 다른 땅에 도착하거나, 아니면 바닷속으로 가라앉거나 할 터.

전자의 경우가 망령 상태로 현세에 도착하는 것이고, 후자가 영원히 공허를 떠도는 처지인 것이다.

역시공 초월체로 목표를 인도하는 두 번째 조건은 등대의 불빛이 제대로 배에 닿아야 한다는 점이었다.

비유상 등대라고 하긴 했지만, 역시공 초월체의 진짜 기능은 공허 속을 헤매는 회귀자를 시공의 한 점으로 인도하는 역할이다.

즉, 시공 속 회귀자의 존재를 정밀하게 파악하고 있어야 한다.

이를 위해 테스라낙은 뎀피스와 말로카에게 미리 레번 스트라우스와 디오그레스 콜론을 특정 짓는 마력 술식을 알려 주었다.

모든 테스라낙의 종들에겐 영혼에 새겨진 지배의 낙인이 존재하니 이를 이용해 존재를 특정할 수 있었다.

이 술식을 역시공 초월체에 미리 입력해 놓으면, 발동 시 회귀자가 정해진 시공의 한 점에 도달하는 방식이었다.

여기까지 듣고 나서 카르나크는 문득 생각했다.

"이봐, 말로카. 자네도 어쨌든 목표는 자신의 유골이었지?"

"그렇습니다."

"그럼 역시공 초월체로 유도해 주면 그거 따라왔겠네? 미리 정해 놓지 않았어도?"

"그렇겠지요?"

도대체 무슨 말을 하려나 싶어 말로카가 의아해할 때였다.

카르나크가 히죽 웃었다.

"그럼 말이야, 칼라프와 티라파트도 눈앞에서 불빛 살살 흔들어 주면 오지 않을까?"

현재 칼라프와 티라파트의 유골은, 저들이 회귀할 경우 잽싸게 계약 지우고 낙인 고칠 생각으로 계속 봉인 중이다.

언제 돌아올지 알 수 없으니 꽤나 신경 쓰이는 것도 사실이다.

그런데 그 시점을 특정할 수 있다면?

"역시공 초월체를 이용하면 쟤들도 유도할 수 있을 것 같거든."

"가능성은 있어 보입니다만……."

말로카가 애매해하며 물었다.

"그건 역시공 초월체에 그들을 특정 짓는 술식이 새겨져 있을 때만 가능한 이야기가 아닐까요?"

저 술식을 아는 자는 아크 리치들을 지배하는 사령왕 테스라낙뿐이다.

"술식 없이 어떻게 역시공 초월체를 다룰 수 있겠습니까?"

"그러니까, 나도 그 술식이 어째 짐작이 가서 하는 소리야."

카르나크가 어깨를 으쓱였다.

"내 시공에선 내가 너희를 리치로 일으켜 세웠지. 그런데 내 시공의 너희와 테스라낙 시공의 너희는 별 차이가 없거든. 적어도 지금까진 말이지."

그렇다면, 카르나크가 직접 술식을 재창조해서 시도해 볼 만하지 않을까 싶은 것이다.

"어차피 실패해도 손해 볼 건 없잖아?"

"그, 그건 그렇군요."

결정을 내린 뒤 뎀피스부터 불렀다.

말로카도 있는데 뎀피스까지 부른 이유는 간단하다.

칼라프와 티라파트 역시 9서클의 마스터, 말로카 혼자만으론 짐이 좀 무거운 것이다.

게다가 말로카가 4대 총독 중 전투적으로 최약체란 건 이미 증명된 사실인지라······.

　"하지만 9서클의 마스터 둘이서 합공하면 어렵지 않게 이길 수 있겠지?"

　그렇게 모든 준비를 갖추고 칼라프와 티라파트를 이 시간대로 소환했으니, 그 결과가 바로 이것이었다.

※

　아크 리치, 칼라프가 무릎을 꿇는다.

　"나의 주인이시여."

　아크 리치, 티라파트가 무릎을 꿇는다.

　"충성을 맹세합니다."

　카르나크는 기분 좋게 웃었다.

　"좋아, 부하 2명 더 건졌구만."

　이로서 과거 네크로피아의 네 총독, 동의 말로카, 서의 칼라프, 남의 뎀피스, 북의 티라파트가 모두 수하로 되돌아왔다.

　꿈에 나타날까 두려울 정도로 흉악한 아크 리치 넷을 거느린 채 음산한 사기와 탁기를 흘리는 저 흑발 청년을 향해, 세라티는 깊은 한숨을 내쉬었다.

　"저기요, 카르나크 님."

"응? 왜?"

"······사람답게 살 생각 없죠?"

아크 리치들을 앞에 두고 카르나크는 당당히 말했다.

"자, 자네들은 이제부터 황혼교의 4대 장로다!"

당연하지만, 이제 막 이 시대로 돌아온 두 아크 리치 입장에선 무슨 소리인지 이해하기 힘들었다.

칼라프가 조심스레 물었다.

"저기, 황혼교가 뭡니까?"

"황혼의 여신 세라칼을 섬기는 사이비 종교."

여전히 이해 못 할 카르나크의 답변에 이번엔 티라파트가 묻는다.

"그럼, 황혼의 여신 세라칼은 뭡니까요?"

"쟤."

세라티를 보는 두 아크 리치의 표정이 더욱 아리송하게 변했다.

"저 아가씨가요?"

"인간인데요?"

사실 칼라프와 티라파트에겐 그보다 더 우선적으로 해결해야 할 의문도 있다.

"게다가……."

"카르나크 님은 대체 뭐 하시는 분인 건지……."

아무래도 꽤나 긴 설명이 필요할 것 같았다.

카르나크가 고개를 돌려 '적임자'를 찾았다.

"세라티!"

"네, 네."

안 그래도 슬슬 자기 부를 것 같다고 생각 중이었다.

그녀가 차분히 설명을 시작했다.

"옛날 옛적에 사령왕 카르나크라는 썩을 놈이 있었답……
어머, 실수."

"……실수 아닌 것 같은데?"

"에이, 실수 맞아요."

눈 흘기는 카르나크를 달랜 뒤 그녀는 차분히 상황 전반을
설명해 주었다.

이미 두 번이나 했던 일이라 익숙하게 해낼 수 있었다.

말로카를 거둔 후에도 이미 비슷한 짓을 또 한 것이다.

대략적인 설명이 끝나자 칼라프와 티라파트가 고개를 끄
덕였다.

"그렇군요."

"황혼교의 교세를 키워 검은 신의 교단 세력을 줄이면 되
는 것입니까?"

"평소 저희 업무로군요."

네크로피아 제국의 총독이었으니 조직을 키우고 가꾸는 건 익숙하다.

"실제로 다들 이쪽이 본업이지. 이상한 검은 주사위 만드는 것보다는."

피식거리다 말고 카르나크가 한마디 덧붙였다.

"아, 그래도 역시공 초월체는 일단 만들어서 나한테 바치고."

이렇게 좋은 외부 마력 저장고를 굳이 써먹지 않을 이유가 없다. 만들어 두면 여러모로 효용도가 높을 터.

"물론 그걸로 미래인을 부르란 소리는 아니야. 그러고 보니 자네들 담당이 누구지?"

칼라프와 티라파트가 차례로 답했다.

"기옌 렌입니다."

"전 말리칸 툰을 담당했습니다."

"둘 다 특정 술식은 따로 새기지 말고 그냥 만들어서 바치기만 해."

"알겠습니다, 주인님."

두 아크 리치가 정중히 고개를 숙였다.

문득 티라파트가 질문했다.

"그런데, 관련 없는 이들의 생명까지 거두어도 상관없습니까?"

"응? 왜?"

"역시공 초월체를 만들려면 검은 신의 교도를 죽이는 것만으로는 모자랄 테니까요."

"자, 잠깐만요."

옆에서 이야기를 듣고 있던 레번이 놀라 물었다.

"혹시 그거 만드는 데 인간의 목숨이 필요한 겁니까?"

당연하다는 듯 칼라프가 답했다.

"사령술이니까 말이오."

"그럼 하나 만드는 데 몇 명이나 죽어야 하는데요?"

"천 명쯤?"

레번뿐 아니라 세라티도 기막혀하며 아크 리치들을 바라보았다.

이미 뎀피스와 말로카는 저 칠흑의 정육면체를 만들어 놓은 것이다.

"당신들, 그렇게나 많은 사람을 죽였어요?"

"그렇소만?"

뭐가 이상하냐는 듯 뎀피스가 반문했다.

"그 정도 대가도 없이 어찌 사령술을 쓰겠소?"

"……."

그렇다.

잠깐 화기애애해서 잊었는데, 이것들은 죄다 인류을 저버리고 금기를 저지른 사악한 어둠의 결과물, 아크 리치들이다.

"카르나크 님."

"응, 뭔 소리 하고 싶은지 알겠어."

한숨을 쉬며 카르나크가 손을 내저었다.

"만들지 마라, 그냥."

그리고 템피스와 말로카에게 건넸던 역시공 초월체도 도로 수거했다.

기존의 것들을 재충전할 때도 사람들 죽여야 하긴 마찬가지인 것이다.

"이것도 그냥 내가 직접 채우는 게 낫겠네."

그나마 그는 혼돈마력을 스스로 정제할 수 있기 때문에 피안 흘리고 재충전이 가능하다.

손바닥 위에 정육면체들을 올린 채 카르나크는 한숨을 쉬었다.

"에잉, 이제 좀 쉽게 가나 했더니 꼭 그렇지만도 않구나."

아크 리치들에게는 황혼교를 키우는 것 말고 다른 임무도 있었다.

검은 신의 교단은 미래의 무왕과 대마법사, 교황을 이 시대로 회귀시키려 하고 있다. 그리고 그 조건으로 역시공 초월체와 현세의 육신이 요구된다.

즉, 미리 대비시킨다면 회귀를 막을 수 있을지도 모른다.

레번의 경우처럼 말이지.

그러기 위해선 현세의 저들에 대한 상세한 조사가 필요하다.

현재의 이름이나 사는 곳, 하는 일 등.

그러니 이에 대한 정보를 수집하라는 임무였다.

"호오."

이야기를 들은 레번은 감탄했다.

"의외로 카르나크 님도 사람다운 면이 있었네요?"

그리고 세라티는 쓴웃음을 지었다.

"그럴 리가요."

사실 카르나크가 아크 리치 4인을 전부 모아 진짜 시도하려고 한 건 이쪽이었다.

"미래에서 오는 테스라낙의 부하들을 가로채겠다!"

미래의 무왕과 대마법사, 타락한 교황 중 이미 시공 회귀를 마친 이들은 현재 5명이다.

무왕 중에선 라피셀 크로테움과 레번 스트라우스, 드렐타인 텔릭스.

대마법사 중에선 엘레자르 데 리플라시온.

타락한 교황들 중에선 태양의 성자 제덱스.

무왕 중 1명, 대마법사 중 2명, 타락 교황들 중 6명이 아직 회귀 예정인 셈이다.

"얘들도 분명 계약의 낙인을 지니고 있을 것 아냐? 그럼 뎀피스나 말로카처럼 수하로 거둘 수 있겠지!"

현세의 저들을 붙잡아 그 육신을 이용해 시공 회귀를 유도한 다음, 미래인이 돌아오면 곧바로 가슴 까고 낙인부터 고쳐 쓰겠다는 속셈이었다.

다만, 대마법사들은 너무 위험부담이 커서 건드릴 수가 없다.

"디오그레스나 기엔 렌은 지금의 나로선 감당하기 힘드니까."

계획을 듣던 세라티가 잠시 의아해했다.

"아크 리치 넷을 전부 거두시고 나면 충분히 승산이 있지 않을까요?"

9서클 마스터가 무려 넷이니 아무리 엘레자르가 10서클의 종사자라도 크게 밀리진 않을 것 같았다.

"서클 하나 차이잖아요?"

바로스가 고개를 저었다.

"무리입니다. 9서클과 10서클 사이에는 상당히 높은 벽이 존재하거든요."

카르나크도 옆에서 첨언했다.

"편의상 9 다음 숫자가 10이라서 저렇게 불리는 것뿐이지, 실제 10서클은 완전히 새로 출발하는 방식이야."

원래 마법의 서클은 체내의 구상 공간에 흘리는 마력원의 숫자가 기준이다.

1개의 원을 그려 마법을 구현화하면 1서클, 교차된 2개의 원을 그리면 2서클인 식이다.

이 마력원을 계속 교차시켜 숫자를 아홉까지 늘리다 보면 결국 하나의 완성된 구의 형태를 취하게 된다.

이것이 바로 9서클의 경지.

그래서 옛날에는 9서클이야말로 마법의 궁극이라 여기기도 했다.

그런데 400여 년 전, 마학계에 새로운 개념이 튀어나왔다.

저 완성된 9서클의 구, 그 자체를 하나의 출발점으로 삼은 뒤 다시 한 번 거대한 하나의 마력원을 그린다면? 그리고 그 마력원으로 마법을 구사한다면?

결과는 실로 무시무시했다.

완성된 마법이 새로운 마법의 시초점이 되는 이 개념은 그때까지의 모든 인식을 초월하는 엄청난 기적을 낳았던 것이다.

"9서클까지가 인간의 마법이라면 10서클부터는 더 고차원의 존재가 구사하는 1서클. 뭐, 이런 느낌이거든."

물론 아크 리치 4명에, 카르나크도 직접 나서고, 바로스와 세라티 등 오러 유저들의 힘까지 빌리면 엘레자르 1명 정도는 어떻게 이길 수 있을지도 모른다.

"1명 정도는 말이지."

카르나크가 실소를 흘렸다.

"그런데 엘레자르가 혼자서 덤빌 리가 없잖아."

라케아니아 제국의 황실 마법사이자 검은 신의 교단 3성인 중 1명인 그녀다. 세력과 권력도, 강한 부하들의 숫자도 저쪽이 월등하다.

"다른 두 대마법사들도 마찬가지고."

디오그레스 콜론은 여명탑주. 수많은 마법사들을 거느린 왕이나 다름없는 존재다.

기엔 렌은 요정족의 총수호자, 보필하는 요정족 전사와 마법사만 일개 군대에 달한다.

양쪽 다 기껏 쳐들어가 봤자 싸우는 건 고사하고 얼굴이나 볼 수 있을지 의문인 것이다.

"반면에 무왕이나 교황 쪽은 상황이 좀 낫지."

나이가 나이이니만큼, 타락한 교황들은 현시점에선 아직 여신교의 중요 인물이거나 눈에 띄는 강자가 아니었다.

4대 무왕 중 유일하게 남은 말리칸 툰 역시 아직 무왕의 경지에 오르지 못했다.

"과거에도 무왕이 되기 전엔 은둔자로 오직 검술만 갈고닦았으니, 딱히 세력이 있는 것도 아닐 테고."

이들이라면 현 카르나크 일행의 실력으로도 충분히 붙잡아 육체를 확보할 수 있다.

"미래의 무왕이 회귀한다 해도 지금이라면 충분히 감당할 수 있고."

미래의 레번이 회귀할 땐 상황이 달랐다.

그땐 템피스도 적이었고, 여러모로 대책이 없었으니 레번을 권속으로 만드는 편법을 이용해 간신히 육체에서 추방하는 데 그쳤다.

하지만 지금이라면?

카르나크 자신도 마력량이 엄청나게 늘었다.

아크 리치 다 거두면 9서클 마스터만 넷이다.

레번과 라피셸이 각성한 덕분에 오러 유저도 4명이나 된다.

여기에 온갖 함정이며 결계를 준비할 여유도 있다.

"이러고도 어린 몸으로 돌아온 무왕 하나 못 잡으면 그게 더 바보겠지?"

그렇게 돌아오자마자 슥 해치우고 낙인 바꿔 달면?

"무왕 하나 건지는 거지! 그것도 멀쩡한 무왕을!"

신난 카르나크를 향해 세라티가 눈을 흘겼다.

"그렇게 말씀하시면 라피셸이랑 레번 경은 멀쩡하지 않다는 것 같잖아요."

"멀쩡하지 않은 건 사실이잖아?"

라피셸은 기억이 문제고, 레번은 엄밀히 말해 아직 무왕도 뭣도 아니다.

물론 말리칸 툰 역시 바로스와 비슷한 상황일 테니 회귀하자마자 예전 힘을 되찾을 순 없겠지만, 그래도 든든한 부하 하나 더 건지는 게 어딘가?

"그렇군요."

계획을 차분히 듣고 난 뒤, 세라티는 잔잔한 소감을 말했다.

"대체 언제쯤 사람 되실래요, 카르나크 님?"

"왜? 뭐가 잘못된 건데?"

아직도 문제조차 느끼지 못한 저 타고난 말종을 위해 차근차근 설명을 시작한다.

"그러니까, 멀쩡히 살아 있는, 말하자면 지금의 레번 경 같은 사람을 납치해서, 일부러 미래의 그 사람을 빙의시켜 현세의 영혼을 짓밟고 나서, 가슴을 가르고 카르나크 님의 노예로 만들겠다는 소리잖아요?"

"……그렇게 표현하니까 내가 되게 몹쓸 짓을 하는 것 같다?"

"몹쓸 짓 맞아, 이 미친 인간아!"

세라티의 일갈에 카르나크는 계획을 접었다.

이런 부분은 그녀의 의견을 따르기로 했었으니까.

그리고 새로운 계획을 세웠다.

"그럼 그냥 미리 죽여 버릴까?"

"아니, 왜 생각이 그런 쪽으로만 도는 거예요, 대체?"

"왜냐니? 후환을 남길 순 없잖아."

어찌 되었건 테스라낙의 계획을 방해하긴 해야 한다.

"현세의 육신이 없다면 미래인들도 함부로 회귀하진 못하겠지."

이 계획 역시 한 소리 듣긴 마찬가지였다.

"그래서 양심을 버리면서까지 후환을 없애시려고요? 예전처럼 살지 않는다고 하지 않으셨어요?"

듣고 보니 딱 예전처럼 사는 꼴이긴 하다.

카르나크가 퉁명스레 물었다.

"그럼 어떻게 하라는 거야?"

"오히려 저들을 보호해야겠죠, 검은 신의 교단으로부터."

단호한 세라티의 말에 카르나크의 표정이 구겨졌다.

"어우, 사람답게 사는 거 뭐 이리 귀찮냐. 남들은 잘도 이러고 사네?"

✻

설명을 들은 레번이 고소를 머금었다.

이제야 카르나크의 태도가 이해가 갔다.

"……그런 점은 참으로 카르나크 님답긴 하네요."

하여튼, 지킬 목적이건 써먹을 목적이건 간에 아직 회귀하지 않은 이들의 위치 자체는 확보를 해야 한다.

그런데 여기서 문제가 생겼다.

다들 어디 있는지를 모른다.

"말리칸이 속세에 나온 것은 금검기를 터득한 이후였거든. 그 전엔 은둔자로 수행만 했다고 알려져 있었지."

다만 데스 나이트 시절 말리칸 툰의 상관이었던 바로스는 숨겨진 진실을 알고 있었다.

"실은 젊은 시절엔 다른 신분으로 세상을 꽤 돌아다녔습니다, 말리칸 경도."

산속에 틀어박혀 수행하는 것만으로 무왕의 경지까지 오를 순 없다. 당연히 실전 경험도 겪어야 한다.

"그런데 무슨 신분으로, 어디를 돌아다니고 있는지를 모르겠으니……."

멋쩍은 듯 머리를 긁는 바로스를 보며 레번이 의아해했다.

"바로스 경도 모릅니까? 부하였다면서요?"

"부하였으니까 그나마 저런 속사정까지 알고 있는 겁니다."

아무리 상관이라도 부하의 인생 역정을 모조리 파악할 이유까진 없는 것이다.

심지어 타락한 교황들 같은 경우엔 아예 어디 사는 누구인지조차 모른다.

"현재 확실하게 위치를 아는 이들은 디오그레스랑 기엔 렌뿐이지."

알려진 이들은 너무 강하고 세력이 크기에 건드릴 수가 없고, 만만한 이들은 만만하기 때문에 알려진 것이 없다.

그러니 황혼교도 키우며, 겸사겸사 말리칸 툰으로 의심되는 이 시대의 강자들을 파악하라는 게 카르나크의 명령이었다.

"검은 신의 교단도 저들의 위치를 파악해야 할 테니 상대하다 보면 정보를 건질 수 있겠지."

테스라낙 측이라면, 과거의 자신이 뭘 하고 살았는지 미래의 본인들이 직접 알려 줬을 테니 당연히 정보를 가지고 있을 것이다.

"맞다, 도련님."

바로스가 뭔가 생각난 듯 물었다.

"혹시 이 검은 주사위로 저쪽 레번 경을 부르거나 할 순 없습니까?"

당연히 옆에 앉은 레번이 안색을 굳혔다.

"저보고 몸을 내주라는 말씀이십니까?"

"그게 아니라, 일단 불러 놓고 망령 상태로 제압하면 정보만 **빼낼** 수 있지 않을까 해서요. 도련님 전공이잖아요, 그거?"

"그건 안 돼. 개념이 달라."

역시공 초월체는 어디까지나 시공의 등대이지, 상대를 강제로 부르는 소환장 같은 게 아니다.

"이미 표류해서 육지로 올라왔는데 바다에 등대 백날 비춰 봤자 배가 올 리 있겠냐?"

미래 레번의 영혼은 이미 이 시대에 안착했다.

이제 와서 역시공 초월체를 사용해 뎀피스가 초혼을 시도한다 한들 응답할 리가 없다.

"현재로선 암흑 교단 상대하면서 정보를 빼내는 게 최선이다."

그 후에 말리칸 툰이나 타락 교황의 현 육신을 발견하면 암흑교단의 마수로부터 보호한다.

"대마법사들이야 굳이 그럴 필요도 없겠지만 말이지."

말하다 말고 카르나크는 의아해했다.

'어라, 이건 좀 이상한데?'

확실히 디오그레스나 기옌 렌은 현시점에서 어찌 손쓸 도리가 없다.

'그런데 이건 검은 신의 교단도 마찬가지 입장이잖아.'

암흑교단이 저 둘의 육신을 노리는 건 확실하다.

말로카가 디오그레스를, 칼라프가 기옌 렌을 담당했다고 했으니까.

'물론 엘레자르가 직접 나선다면, 일대일 상황이라면 어떻게든 가능은 하겠지만…….'

이건 리스크가 너무 크다.

'굳이 저래야 할 이유가 있나?'

회귀 시점의 오차를 무시한다면 역시공 초월체 없이도 시공 회귀는 할 수 있다.

카르나크와 바로스가 그랬고 엘레자르며 드렐타인, 제덱스 역시 그런 식으로 시공 회귀했다.

그리고 이 경우엔 현세의 육체를 확보할 필요도 없다.

그냥 대마법사 셋을 전부 역시공 초월체 없이 먼저 보내고, 육신을 확보하기 쉬운 무왕과 교황을 나중에 회귀시키면 될 일이다.

'하지만 테스라낙은 굳이 저 방식을 고수했지.'

칠흑의 정육면체를 노려보며 카르나크는 인상을 썼다.

'역시 이거, 단순한 시공 좌표 고정 정도가 아니야. 분명히 다른 목적이 있어.'

과거 네크로피아의 총독이었던 아크 리치 말로카, 칼라프, 티라파트.

카르나크의 수하가 된 이들은 뎀피스처럼 황혼교의 교세를 넓히기 위해 7왕국 곳곳으로 흩어져 활동하게 되었다.

그리고, 역시나 뎀피스와 마찬가지로 은신을 위한 특별한 마법을 전수받았다.

"이것이 사법의 기만자, 아크 리치 전용 버전이다."

마법 술식을 알려 준 뒤 카르나크가 손짓을 했다.

"숙련된 조교, 앞으로."

뎀피스가 환영술을 이용해 겉모습을 리치가 아닌 평범한

중년 남자의 그것으로 바꿨다.

하지만 이 상태만으로는 여전히 어둠의 기운이 흘러나온다.

일반인이라면 모를까 오러 유저나 마법사, 성직자까지 속일 순 없다.

"그래서 이걸 거는 거다."

사법의 기만자를 운용하자 뎀피스의 전신에서 흘러나오던 사기와 탁기가 흔적도 없이 사라져 버렸다.

카르나크가 으스대며 말했다.

"이거라면 고위 성직자라 할지라도 정체를 눈치챌 수 없지, 후후후."

미심쩍은 듯 바로스가 뎀피스, 정확히는 달라스의 모습을 한 그를 아래위로 훑어보았다.

"확실한 겁니까?"

뎀피스가 고개를 끄덕였다.

"이미 많은 성직자를 만나 봤습니다. 특급 심문관마저도 저를 그저 평범한 인간인 줄만 알더군요."

다만 이 수법에도 약점은 있다.

"사령술을 쓰면 사법의 기만자가 깨집니다."

어둠의 기운을 지우려고 건 마법인데, 어둠의 힘을 쓰면 당연히 깨지겠지.

"이 상태로 사용 가능한 마법은 4서클 정도가 한계이고요."

이미 사법의 기만자가 걸려 있는 상태이기 때문에 너무 고위 마법을 시도하면 기존의 마법과 충돌해 버리는 것이다.

뭐, 말로카와 칼라프, 티라파트는 이 정도로도 충분히 만족했다.

"그렇다 해도 충분히 유용한 수법이군요."

"언데드 중의 언데드인 아크 리치를 평범한 인간 마법사로 위장시켜 주는데…….""

"그 이상을 바라는 것도 욕심이겠지요."

다들 술식을 배운 뒤 인간 형태로 모습을 바꿨다.

칼라프는 갈색 머리의 잘생긴 20대 청년, 티라파트는 건장한 중장년 사내가 되었다.

나이대는 조금 다르지만 둘 다 살아생전의 모습이었다.

그리고 말로카는 늘씬한 흑발의 미녀가 되어 스스로를 둘러보는 중이었다.

"오랜만이군요, 이 모습은."

심지어 목소리까지, 쇠를 긁는 듯한 리치의 음성에서 낭랑한 여성의 그것으로 바뀌어 있다.

세라티와 레번이 놀라 눈을 깜빡였다.

"어머?"

"아니, 왜 굳이 여자로?"

뭐가 신기하냐는 듯 카르나크가 되물었다.

"왜냐니, 생전의 모습이라고 했잖아?"

"말로카 씨, 여성분이셨어요?"

놀란 세라티를 향해 바로스가 새삼스럽다는 듯 묻는다.

"보면 알잖아요?"

남성과 여성의 뼈 구조는 상당히 다르다. 특히 어깨나 골반 등은.

"척 봐도 여자인데, 설마 여태 몰랐어요?"

"……보통은 절대 모르거든요, 그런 거?"

하긴, 어차피 아크 리치는 육신을 버린 존재라, 생전의 말로카가 여성이었다고 이제 와서 딱히 달라질 것은 없다.

그 외에 원거리 통신 계획도 미리 정했다.

뎀피스와 마찬가지로 정해진 시간에 정규 연락을 취하게 하면 아직 고위 마법을 쓰지 못하는 카르나크도 무리 없이 저들과 연락을 주고받을 수 있다.

그렇게 모든 준비를 갖춘 뒤 카르나크가 손짓을 했다.

"그럼 다들 출발해. 일단 7왕국부터 확실하게 먹고 들어가자고."

라케아니아 제국은 아직 건드릴 때가 아니다.

검은 신의 교단의 위세가 비교적 약한 7왕국 연합부터 제압해 놓아야 한다.

"그러다 여신교와 충돌하거나 하면 어쩌시려고요?"

황혼교도 엄연히 사교도 중 하나인 것이다.

여신교가 보기엔 그놈이 그놈이겠지.

레번의 질문에 카르나크가 어깨를 으쓱였다.

"그건 따로 생각해 둔 게 있어. 잘 통할지 어떨지는 모르겠지만."

평범한 인간의 모습으로 위장한 아크 리치들이 일제히 고개를 숙였다.

"명대로 행하겠나이다, 나의 주인이시여."

그리고 오두막을 나서서 어둠 속으로 서서히 사라져 간다.

저들 하나하나가 일국을 흔들 수 있는 강력한 언데드란 걸 생각하면 정말이지 불길하기 짝이 없는 광경이리라.

'좋은 뜻에서 움직이는 건데, 왜 이렇게 세계 멸망의 전조처럼 보이지?'

내심 혀를 내두르다 말고 문득 세라티가 물었다.

"그런데요, 굳이 이렇게까지 할 필요 있나요?"

황혼교를 키워 검은 신의 교단을 견제하는 건 이해가 간다. 좀 찜찜하긴 해도 해야 할 일이다.

그런데 말리칸 툰을 비롯한 타락 교황들의 현재 상태를 파악한다?

"어차피 저쪽은 이제 미래인을 불러오지 못하잖아요?"

역시공 초월체를 만들 수 있는 것은 아크 리치들뿐인데, 그들이 전부 이쪽 편이 되었다.

"에이, 그게 아니지."

카르나크가 칠흑의 정육면체 하나를 꺼내 들었다.

뎀피스나 말로카가 만든 게 아닌, 마녀가 변화한 세 번째 역시공 초월체다.

"내가 아까 그랬지? 테스라낙이 편집증이 있는 것도 아닐 텐데 왜 굳이 추가 대책을 마련했을까 하고."

미래의 테스라낙 입장에선 두 사건 모두 과거의 일일 뿐이다.

아크 리치들을 전부 보내고, 그 결과가 신통치 않다는 걸 확인한 후, 추가 대책을 마련했다?

이 경우라도 세 번째 역시공 초월체는 존재할 수 있는 것이다.

결과가 먼저 생기고, 이유가 따라오니까.

"뭔가 어렵군요."

어지럽다는 표정을 짓는 레번을 향해 카르나크가 쓴웃음을 지었다.

"시공이 꼬이면 원래 이래. 여러모로 골치 아파지지."

칠흑으로 뒤덮인 아공간, 검은 신의 성소.

얼굴을 베일로 덮은 드렐타인과 엘레자르가 대화를 주고받고 있었다.

"확실하오. 템피스와의 연락은 완전히 끊겼소."

"말로카 역시 마찬가지예요."

계약의 낙인이 있는 저들이 배신을 했을 리 만무하니 이런 경우는 하나뿐이다.

패배해, 소멸한 것.

"역시 그 카르나크란 자의 짓인가?"

똑같이 얼굴을 베일로 덮은 젊은 사내, 태양의 제덱스가 고개를 저었다.

"그자에게 아크 리치 둘을 해치울 만큼의 능력이 있다고 믿기는 힘드오만."

"나 역시 그렇소. 하지만 현실을 무시할 순 없지."

"그리고 이건 뒤늦게 알아낸 일인데……."

엘레자르가 혀를 차며 말을 이었다.

"칼라프와 티라파트의 유골도 도둑맞았어요."

겉으로는 파사의 여단 서부군의 짓으로 보인다.

하지만 좀 더 자세히 파고든 결과, 여기에도 다른 이들이 존재했다.

"유스틸 왕국에서 건너온 어둠사냥꾼 무리가 개입되었다는 걸 알아냈지요. 재미있는 우연이지요?"

유스틸 왕국이라면 짚이는 바가 있다.

드렐타인이 혀를 찼다.

"또 그자라고?"

네 아크 리치가 모조리 사라졌다. 그리고 전부 카르나크가 얽혀 있다.

"대체 정체가 뭐지?"

제덱스가 쓴웃음을 지었다.

"그걸 알아내기 위해 말로카라는 강수까지 뒀는데 결과가 이렇지 않습니까?"

이들은 결코 상대를 허투루 대하지 않았다.

7서클의 마법사에 불과한 이에게 9서클의 마스터를 붙였으면 오히려 과하게 손을 쓴 편이다.

그럼에도 결과가 이 모양이라니…….

"그렇다고 우리들이 직접 나서기엔 상황이 여의치 않고."

드렐타인과 엘레자르는 대외적으로 제국에 묶여 있다.

제국 내의 일이라면 얼마든지 개입할 수 있지만 7왕국 연합까지 움직이기엔 부담이 크다.

엘레자르가 진지하게 말했다.

"테스라낙 님께 기도를 올려야 할 때인 것 같군요."

제덱스는 한숨을 내쉬었다.

성역 너머의 테스라낙에게 지상의 목소리가 닿게 하기 위해선, 상당히 많은 대가를 필요로 하는 것이다.

"하지만 어쩔 수 없겠지. 제단을 준비하겠소."

아크 리치들과 헤어지고 닷새쯤 뒤.

영지가 어느 정도 안정을 되찾았기에 카르나크는 일행과 함께 수도 드룬타로 복귀했다. 그리고 우선적으로 알타스 상회부터 찾았다.

며칠 전 받은 연락을 확인하기 위해서였다.

─테카스 상단에 대한 1차 조사가 마무리되었습니다.

수집된 정보의 양은 상당했다. 서류로만 쳐도 사람 키 높이를 훌쩍 넘길 지경이었다.

처음부터 사교도와 관련된 것처럼 보이는 부분을 조사하란 식으로 지시를 하면 진짜 중요한 정보가 누락될 가능성이 크다. 정보의 가치 판단을 조사원 측에서 하게 되니까.

그러니 일이 좀 많아지더라도, 닥치는 대로 정보를 모은 뒤 카르나크가 직접 보고 판단해야 했다.

하룻밤을 꼬박 새우고서야 겨우 확인을 마쳤다.

바로스를 집무실로 부른 뒤 카르나크는 그간 얻은 정보를 나눴다.

"일단 테카스 상단이 통째로 검은 신의 교단과 연관이 있는 건 아닌 것 같더라."

사교단과 상단은 썩 어울리는 조직이 아니다.

최대한 은밀하게 움직여야 할 사교단과 많은 사람을 만나고 많은 장소를 다녀야 하는 상단, 어떤 의미에선 극과 극이니까.

그렇기에 사교단이 상단으로 위장하는 건 거의 불가능하다.

실제로 처음부터 검은 신의 교단이 테카스 상단을 세운 건 아니었다.

"하지만 상단만큼 사교도가 숨기 편한 곳도 의외로 얼마 없지."

불특정 다수와 자주 어울리니 깊은 인간관계를 맺을 필요가 없고, 이곳저곳을 돌아다녀도 수상하게 보이지 않는다.

"정황을 보면 사교도 일부가 기존의 상단에 숨어들어 간 것 같아."

현 테카스 상단의 주인은 발렌트 테카스.

카르나크가 기억하는 테카스의 원래 상단주였다. 이건 딱히 달라지지 않았다.

그러나 상단의 규모가 너무 다르다.

지금의 테카스는 7왕국 연합을 통틀어 1~2위를 다투는 초거대 상단인 것이다.

"원래 역사대로라면 아직 유스틸 왕국 내에서 놀고 있어야 하는데 말이지."

모든 건 6년 전, 테카스 상단에 들어온 한 사내 덕분이라고 했다.

발렌트 상단주의 비서로 발탁된 그는 뛰어난 수완을 발휘해 상단을 계속 키웠다.

어디서 구했는지 방대한 자금을 운용해 주로 새로운 광산이나 던전 등을 개발하고 투자하는 식의 사업을 벌였는데, 하나같이 승승장구였다.

그 결과 테카스 상단은 단기간에 7왕국 연합 1~2위를 다투는 거상으로 커졌으니, 세간엔 알려지지 않았지만 사실은 그가 실질적인 주인이나 다름없다는 것이다.

"배널 랠프스태더, 알테일 왕국 출신으로 올해 나이 35세."

서류를 툭툭 두들기며 카르나크가 차갑게 웃었다.

"마치 미래를 내다보고 있는 듯한 놀라운 통찰력의 소유자라고 하던데?"

설명을 듣던 바로스의 얼굴에도 미소가 떠올랐다.

"과연. 미래라 이거죠?"

미래의 정보를 이용해 한탕 해 먹으려 한 건 카르나크도 마찬가지다.

여기에 뎀피스에게 들은 이야기까지 조합하면 대충 감이 잡힌다.

"이놈이 제덱스인 것 같지?"

카르나크나 바로스나, 워낙 타인에게 관심이 별로 없다 보니 현재의 제덱스에 대해 아는 것도 별로 없었다.

　하지만 적어도 한 가지만은 확실하다.

　카르나크에게 패배해 언데드가 될 때 제덱스의 나이가 50대였고, 그게 지금으로부터 대충 20여 년쯤 후의 일.

　역산하면 현재 나이 정도는 확인할 수 있는 것이다.

　"30대의 젊은 나이에, 미래를 내다보는 것 같고, 출처 불명의 자금도 있다고 하고."

　뎀피스 말로는 제덱스가 엘레자르의 지원을 받은 후에야 7왕국 연합 내에 기틀을 마련했다고 했다.

　"여러모로 맞아떨어지네요."

　서류를 들여다보며 바로스가 물었다.

　"그래서 이 양반, 어디 산대요?"

하르톨 시티

리파울 왕국 중부에 하르톨 시티라는 중간 규모의 교역 도시 하나가 위치한다.

인접한 타볼강을 통해 다양한 어업이 활발하게 이루어지는 곳이며, 나루터를 통해 수많은 상선들이 드나드는 물류의 유통지이기도 하다.

"그러니까……."

지도를 내려다보며 바로스가 묘한 표정을 지었다.

"이 하르톨 시티에 제덱스 씨가 있다고요?"

카르나크가 그의 말을 정정했다.

"정확히는 테카스 상단주의 비서, 배널 랠프스태더가 여기 있는 거지. 아직 얘가 제덱스라고 확인된 건 아니다?"

"에이, 솔직히 뻔하긴 하잖아요."

바로스가 턱을 긁었다.

"어쨌거나 상단의 주인이 머무를 만한 곳은 아닌 것 같은데……."

7왕국 연합은 물론이고 리파울 왕국 내에서도 하르톨 시티는 딱히 주요 교역 도시 축엔 끼지 못하는 곳이었다.

타볼강을 통해 제법 많은 물자가 오가는 것은 사실이지만, 규모만 보면 더욱 크고 중요한 교역로가 많은 것이다.

말하자면 도시 중에선 중간 정도?

그래서 테카스 말고도 많은 상단 세력들이 혼재한 곳이다.

"저 같으면 좀 더 상단 전체를 총괄할 수 있는 대도시에 자리 잡을 것 같은데 말이죠."

"그럴 수도 있지. 진짜 상단주는 엄연히 따로 있잖아."

카르나크가 피식 웃었다.

"이 친구는 어디까지나 뒤에서 실질적인 주인이라 불리는 거라고."

"그게 아니라, 이 친구가 정말 제덱스 씨라면 실제로도 주인일 것 아닙니까? 그런 것치곤 안 어울린다는 말인데요."

"뭐, 표면상의 이유로는 새 사업을 벌이기 위해 당분간 자리 잡았다는 것 같던데."

실무직 입장에서는 충분히 머무를 필요가 있는 장소였다.

저런 다양한 상단들과 부대껴야 물류 운영도 편하고 시세

변동에 따른 교역 정보도 빠르게 손에 넣을 수 있을 테니까.

"그리고, 상단이 아니라 사교단 교주 입장에서도 꽤나 잘 어울리는 근거지이긴 하거든."

"아, 그건 그렇군요."

무릇 사교도란 정체를 숨기고 암약해야 하는 입장이다.

그리고 사람이 제일 숨기 쉬운 곳은, 인적 없는 오지가 아니라 모르는 사람이 득실거리는 도시 한복판인 법.

중요한 점은 저게 '모르는' 사람이어야 한다는 것이다. 인간관계를 맺고 있는 경우가 아니라.

"이런 기준에서 보면 하르톨 시티는 썩 괜찮은 은신처지."

워낙 여러 상단이 다양하게 얽혀 있으니 그만큼 불특정 다수도 많고, 정보와 물류가 적당히 오가니 7왕국 연합 곳곳에 숨은 사교도들에게 지령을 내리기도 쉽다.

도시 규모 또한 무난하다. 너무 큰 도시는 그만큼 사교도 탄압도 거센 법이니까.

여러모로 적절한 요인을 골고루 갖춘 만큼 제렉스가 숨어 산다면 이만한 장소도 없어 보였다.

"그리고 이건 우리에게도 꽤나 좋은 조건이야."

사교도들이 머무르는 던전 같은 곳은 들어가기가 너무 힘들다. 모든 것이 함정이고 모두가 적이니까.

말레피쿠스 던전에서 이미 겪어 보았다.

반면 이 하르톨 시티는?

아까도 말했듯이 불특정 다수가 득시글거린다.

"잠입하기 훨씬 편하겠지."

───※───

유스틸 왕국과 리파울 왕국을 가르는 딜레아드 산맥.

참나무와 소나무가 무성한 산길을 마차 한 대가 지나고 있었다. 행상으로 위장 중인 카르나크 일행이었다.

말로카 사건에서도 알 수 있듯, 슬슬 카르나크의 명성도 꽤나 커졌다. 검은 신의 교단도 그를 예의 주시하고 있다.

예전과 달리 사교도들의 시선을 피해야 하는 것이다.

그래서 선택된 것이 이 상행용 마차였다.

의심받지 않도록 제국산 도자기와 아트링겐산 조미료, 타름의 옷감 등 위장하기 위한 물품들도 알차게 챙긴 후다.

마차에 기대어 푸른 하늘을 올려 보며 카르나크는 느긋하게 뇌까렸다.

"뭐, 이렇게 마차 쓰는 쪽이 여러모로 이동이 편하기도 하고 말이지."

이제까지는 서둘러야 하는 여정이 대부분이라 말 타고 다녔지만 이번에는 그렇게까지 시급한 일은 아니다.

오히려 몰래 움직여야 하느니만큼 은밀성이 더 중요하다.

이런 이유로 킹스 오더임을 감추고 위장에도 꽤나 신경을 썼다.

마법사의 로브나 기사의 갑주가 아닌 평상복 차림, 심지어 세라티와 라피셀은 머리칼도 염색했다.

흑발이나 금발, 갈색 머리의 경우는 워낙 흔해서 굳이 감출 필요가 없다. 하지만 붉은색이나 짙은 회색 머리칼은 꽤나 눈에 띈다. 상대를 특정하기도 쉽고.

그래서 둘 다 흔해 빠진 흑갈색으로 머리색을 바꾼 상태였다. 문제는, 세라티는 그래도 시선을 끈다는 점이었지만.

마차에 올라탄 채 거울을 들여다보며 그녀가 인상을 썼다.

"어쩌지? 주근깨를 좀 더 찍을까?"

아무리 허름한 옷을 입혀 놔도 워낙 미모가 출중하다.

오죽하면 트리스트 시티에 잠입할 때도 도저히 미모를 숨길 수 없어 그냥 철없는 귀족 영애로 변장하지 않았나?

마차 옆에 앉아 있던 라피셀이 고개를 저었다.

"거기서 더 찍으면 오히려 어색할 것 같은데요, 언니."

과유불급이란 말이 괜히 나온 게 아니다. 적당히 찍으면 주근깨지만 너무 많으면 피부병이지.

새삼 부러운 눈으로 라피셀은 세라티를 바라보았다.

'나도 더 크면 언니처럼 예뻐질 수 있을까?'

그녀처럼 강해질 수 있냐는 질문에 대해선, 음, 뭐, 충분히 가능할 것 같다.

만날 어떻게 해야 세라티만큼 강해질지 고민한다는 것 자체가, 일단 본인이 강해질 거라 믿어 의심치 않으니 나올 수 있는 생각인 것이다.

'그런데 예뻐질 것 같진 않아!'

지금의 라피셀도 못생긴 얼굴은 아니지만, 그냥 평범하게 귀여운 수준일 뿐이다.

무왕일 때도 강자로서 명성을 떨친 것이지 딱히 미모 이야기가 회자되지는 않았다.

반면 세라티는?

지금도 지나가던 사람들이 한 번씩 뒤를 돌아볼 정도의 절세미녀, 작정하고 꾸미면 경국지색 후보군(?) 수준까진 된다!

거기에 벌써 청색급의 오러 유저이기까지 하니, 사실 어딜 가도 인정받을 천재 미녀 검사인 것이다.

'어쩌다 모진 놈 만나 이런 꼴 당하고 살고 있지만.'

마차에서 데굴거리고 있는 그 '모진 놈'을 바라보며 세라티는 입을 삐죽였다.

'심지어 불임도 되고 말이야.'

하긴, 그 대가로 두 팔을 돌려받았으니 불만을 토로할 처지는 또 아니지.

그때 문득 궁금해졌다.

[가만 있자, 카르나크 님?]

[응? 갑자기 왜 전언으로?]

[레번 경도 이제 저처럼 권속이 되었잖아요?]

[그런데?]

[그럼 레번 경은 고자가 된 건가요?]

순간 라피셀은 놀랐다.

'앗, 레번 오빠가 갑자기 말 등에서 미끄러졌다! 졸았나?'

참고로 바로스는 마부석, 레번은 따로 말 타고 이동 중이다.

다 타기엔 마차가 좁으니까. 실린 짐도 꽤나 많고.

[자, 자, 자, 자, 잠깐만요!]

간신히 균형을 회복한 뒤 레번이 다급한 전언을 이었다.

[지금 대체 뭐라고 하셨……?]

딴생각하고 있었는데 뭔가 절대 흘려들을 수 없는 어마어

마한 대화가 오가질 않았는가!

[아, 레번이 생각하는 그런 건 아니고.]

안 들릴 줄 알면서도 카르나크는 라피셀의 눈치를 한번 보

았다. 상식 있는 어른의 의무였다.

[기능은 그대로인데 성능이 사라진 거라고 해야 하나?]

[그보단 생산직에서 서비스직으로 전환했다고 해야겠죠?]

첨언하며 바로스가 엄지를 척 내밀었다.

[딱히 사용엔 문제없습니다. 안심하세요.]

[안심하라뇨?]

워낙 인생 막 살던 놈들이라 미처 생각이 안 미치는 건지

모르겠지만, 레번 입장에선 불임도 심각한 문제다.

[지금 우리 가문의 대가 끊기게 생겼습니다만?]

그렇다. 이제 스트라우스 가문엔 멀쩡한 후계자가 사라져 버린 것이다.

에밀은 미래 레번에게 몸을 빼앗겼으니까.

그럼에도 카르나크와 바로스는 여전히 태연했다.

[에이, 에밀의 몸은 여전히 멀쩡하잖아? 그럼 어떻게든 되겠지.]

[아니면 무왕 갤러드가 동생 하나 더 낳아 줄지도요?]

확실히 갤러드도 아직 노인이라 불릴 나이까진 아니다.

20대 중반에 결혼해 에밀과 레번을 가졌으니 올해로 아직 50대 초반이다.

[그, 그래도 그런 상상은 하고 싶지 않습니다만…….]

우울해하는 레번을 보며 세라티는 피식 웃었다. 그리고 다시 거울을 들여다보았다.

그나저나 참 귀찮다. 평생 검술에만 매진한 인생이라 예쁘게 꾸미는 행위와도 거리가 먼데, 심지어 못생기게 꾸미는 건 더더욱 해 본 적이 없었다.

"대체 어떻게 해야 남들처럼 자연스럽게 못생길 수 있는 거지?"

거울을 요리조리 살피며 세라티가 투덜거렸다.

"아우, 귀찮아. 그냥 적당히 생겼으면 이런 거 신경 쓸 필요도 없는데."

덕분에 라피셀, 존경하는 스승이자 언니에게 감히 해선

안 될 생각을 해 버리고 말았다.

'……와, 재수 없어.'

유스틸 왕국의 수도 드룬타에서 리파울 왕국의 하르톨 시티까지는 빠른 말로 달려도 1주일 가까이 걸리는 먼 거리다.

하물며 마차 몰고 느긋하게 간다면 더더욱 늦어진다.

그래서 카르나크 일행은 여정을 최단거리로 잡아 시간을 줄였다. 하지만 그 대가도 있었으니, 바로 어쩔 수 없이 노숙을 해야 하는 경우가 생긴다는 점이었다.

길바닥에선 아무래도 거친 음식을 먹을 수밖에 없다.

물론 운이 좋으면 사냥을 통해 신선한 고기를 습득할 수 있겠지. 하지만 아무리 노련한 사냥꾼이라도 산길에서 크게 벗어나지 않고 사냥감을 조달하는 건 실로 어려운 일이다.

"그 어려운 걸 우리 바로스가 해냅니다."

싱글벙글 웃으며 카르나크가 반색을 했다.

"잡아 왔냐?"

"넵, 사슴 한 마리요."

"굽자!"

덜 자란 사슴이긴 한데, 그래도 상당한 크기였다. 며칠은 족히 신선한 고기를 먹을 수 있으리라.

당연히 레번은 어이없어했다.

"아니, 이걸 대체 무슨 수로?"

바로스가 비밀 전언으로 으스댔다.

[산속에서 여신교단에 몇 달씩 쫓기다 보면 다 터득하게
된답니다.]

참고로 요리는 카르나크가 직접 맡았다.

대부분의 미식가들과 마찬가지로 하염없이 맛있는 것만
찾다 보니 저절로 관심을 가지게 된 것이다. 물론 그렇다고
무슨 대단한 요리사가 되었다는 소리는 아니다.

"내가 노숙 중에도 맛있는 음식을 먹을 수 있는 비법을 깨
달았거든."

일행을 돌아보며 자신의 깨달음(?)을 자신 있게 피력한다.

"피 잘 뽑고, 약불에 천천히 굽고, 일류 요리사가 만든 소
스 발라. 그럼 다 맛있어져."

"……의외로 아주 틀린 말은 아니네요?"

참고로 사냥감 해체 역시 아무 문제 없었다.

바로스도 카르나크도, 뼈에서 살 발라내는 건 전문이었으
니까.

"우리가 동물 해체는 꽤나 많이 해 봤지, 후후후."

혹시나 싶어 세라티가 몰래 물었다.

[그 동물이란 게 설마 두 다리로 걷고 말을 하는 종류인가
요?]

[아무래도 그렇지?]

[……더 이상 안 물어볼게요.]

기껏 맛있는 고기 눈앞에 두고 입맛을 떨어트리고 싶진 않은 그녀였다.

잠시 후, 사슴 고기가 모닥불 위에서 노릇노릇 익어 갔다.

여기에 또 카르나크가 아낌없이 보존 마법 써서 유지한 각종 도시락이 곁들여지니, 식사 시간만큼은 실로 왕후장상이 부럽지 않다.

"맛있어요, 카르나크 님!"

"많이 먹어, 라피셀."

"와인 깔까요, 와인?"

"점심부터 술을요?"

참으로 왁자지껄한 분위기였다.

레번이 혀를 내둘렀다.

"우리, 이제 곧 사교단의 수장 중 1명을 상대하게 되지 않습니까? 그런데 이렇게 긴장감이 없어도 되나요?"

"뭐가 문제야?"

사슴 고기를 잘라 맛을 보며 카르나크가 빙그레 웃었다.

"그놈의 긴장, 어차피 도착하면 주야장천 할 텐데. 벌써부터 신경 쓸 필요는 없지."

땅속 깊은 곳에 자리한 거대한 지하실.

벽 곳곳에 박혀 있는 횃불이 푸른 빛을 발하고 그 너머 벽면에선 붉은 문자가 은은히 빛난다.

희미한 빛이 짙은 어둠을 간신히 밀어내는 이 검은 공간의 중앙에 흑요석으로 만든 육각의 제단이 놓여 있었다.

제단 주위에 가득 찬 것은 썩어 가는 고약한 냄새와 피의 향기. 바닥을 뒹구는 것은 무수한 인간의 뼈와 내장들.

하나 사내는 필설로 형용하기조차 끔찍한 이 지옥의 풍경을 무심히 바라보고만 있었다.

이 모든 것은 죽음의 신께 기도를 올리기 위해 필수불가결한 것들.

거룩한 희생이요, 응당 치러야 할 대가일 뿐일지라.

사내, 타락한 태양의 교황 제덱스가 제단 앞으로 가 섰다. 검은 신을 향한 기도문이 입술 사이로 흘러나왔다.

"응답하소서, 나의 주, 테스라낙이시여……."

제단을 중심으로 어둠이 피어올랐다.

번들거리는 흑요석 표면이 일그러지며 칠흑의 탁기를 쉴 새 없이 토해 낸다.

검은 안개가 사방으로 펼쳐지고 죽은 자의 얼굴과 손자국이 연신 나타났다 사라진다.

"아아아악!"

"꺄아아아악!"

"으아악!"

비명과 절규가 절망의 메아리가 되어 귓가를 찔렀다.

하지만 제덱스는 눈도 깜짝하지 않았다.

이미 죽음의 신에게 모든 것을 바친 그에게는, 저 끔찍한 영혼의 외침조차도 숲에서 지저귀는 새소리와 별 차이가 없는 것이다.

"어리석은 당신의 종이 청원하나이다."

그저 제물을 바치고 기원할 뿐.

"부디 심원한 어둠의 지혜를 내려 주소서……."

의식은 성공적이었다.

수많은 희생을 바탕으로 현세와 죽음의 성역이 연결되었다. 위대한 테스라낙의 음성이 시공을 넘어 제덱스에게 임한다.

신탁이었다.

"오오오……."

뇌리를 강타하는 신의 말씀 앞에 노예는 환희에 찬 신음을 흘렸다.

"……명하신 대로 행하겠나이다, 나의 주인이시여."

⁂

왕도 드룬타를 출발한 지 엿새째.

카르나크 일행은 슬슬 유스틸 왕국을 벗어나 리파울 왕국으로 들어서고 있었다.

행상 변장에 공들인 보람이 있었는지 그동안 아무도 일행을 의심하지 않았다.

　국경을 통과하는 것 역시 미리 준비를 단단히 해 둬 별문제 없었다.

　국경 관문을 지키는 문지기들을 향해 바로스가 명패를 내민다.

　"유스틸 왕국, 브렌톤 상회 소속입니다."

　카르나크가 알타스 상단과 연관이 있다는 사실은 검은 신의 교단도 알고 있다. 그래서 일부러 다른 상회의 신분을 빌린 것이다.

　참고로 빌려준 이는 유스틸 킹스 오더 6대대장, 헤르만 경이었다. 브렌톤 상회가 그의 외가라 쉽게 연이 닿았다.

　"이래서 고위층이랑 놀아야 한다니까. 급할 때 손 벌리면 인맥이 바로 튀어나와요."

　카르나크가 히죽거리는 동안 문지기가 명패의 진위를 확인했다.

　"틀림없이 브렌톤 상회의 표식이로군."

　원칙대로라면 아직 조사가 끝난 것은 아니다.

　행상들은 마차의 짐을 일일이 풀어 헤쳐야 하고, 문지기들에겐 마약이나 사교도 관련 물품 같은 금기시된 물건이 있지 않나 확인해야 할 의무가 있다.

　하지만 이는 상인도 문지기도 서로 귀찮은 일.

그러니 약속된 증명 행동을 이어 간다!

"그리고 이건, 고생하시는 여러분들께 술이라도 한잔하시라고……."

바로스가 동화 몇 장을 챙겨 문지기들에게 살짝 건네주었다. 문지기들의 표정이 살짝 밝아졌다.

"흠, 도리를 아는 친구들이로군."

얼핏 뇌물로 관문을 통과하는 것처럼 보이지만, 이 행위엔 겉보기보다 심오한 이유가 숨어 있다.

일단 단가가 어느 정도 맞아야 한다.

고작 국경 관문 좀 통과하겠다고 은화 같은 과한 뇌물을 챙겨 준다?

이건 빼도 박도 못하고 지은 죄가 크다는 소리다.

문지기 입장에서도 절대 받아선 안 된다. 먹고 탈나기 십상이다.

게다가 건네는 방법에도 나름대로의 절차가 있다.

뇌물 좀 건네줘야 의심받지 않는다는 건 사교도들도 잘 안다. 하지만 건네는 행위 속에 깃들어 있는, 오랫동안 경험을 쌓은 행상들만의 노하우까지 베끼긴 힘들다.

그래서 대놓고 뇌물 건네다 정체 들통나는 이들도 은근히 많았다.

반면 바로스는 달랐다.

주변 시선을 몸으로 차단하며, 손 안쪽에 동화를 감춰 쥔 뒤, 외부에 보이지 않게 자연스레 건네는 수법이라니?

거의 도박꾼들 패 바꾸는 기술과도 비견될 수준이다.

뇌물을 수시로 건넨 이만이 선보일 수 있는 물 흐르는 듯한 자연스러움인 것이다!

"통과!"

덕분에 무난히 국경 관문을 통과해 리파올 왕국으로 진입할 수 있었다.

관문에서 어느 정도 멀어지자 레번이 신기해하며 물었다.

"그런 건 대체 어디서 배우신 겁니까?"

히죽거리며 바로스가 몰래 대꾸했다.

[그러니까, 전생 때 많이 숨어 다녀 봤다니까요.]

한편 세라티는 꽤나 곤란해하는 중이었다.

"와, 진짜 하나도 못 알아듣겠네요."

국경 관문의 문지기와 바로스는 유스틸 왕국의 이솔라어를 쓰지 않았다. 리파올 왕국의 랄폰어를 사용했다.

그동안 돌아다녔던 곳은 그럭저럭 이솔라어가 통용되었는데, 남부로 내려온 탓에 아예 사용하는 언어가 바뀌어 버린 것이다.

"나름대로 공부한다고 했는데도……."

세라티라고 손 놓고 있었던 것은 아니다.

리파올 왕국행이란 이야기를 듣고 초보용 랄폰어 책을 사 열심히 들여다보기도 했다.

하지만 그래 봐야 고작 며칠 정도다. 그 짧은 기간에 남의 나라 말을 알아들을 수 있게 되었다면 그녀가 언어학의 천재였겠지.

"역시 벼락치기는 안 통하나."

난감해하는 그녀와 달리 다른 사람들은 다들 랄폰어를 알아들었다.

카르나크도, 바로스도, 레번도, 심지어는 라피셀조차도.

"제가 왜 랄폰어를 알고 있죠?"

그녀는 혼란스러워하는 중이었다.

마차 타고 이동하며 세라티와 함께 열심히 초보용 랄폰어 책을 들여다보던 라피셀이다.

그때도 책 내용이 너무 쉬워서 좀 이상하다고 생각은 했다.

그런데 정작 현지인이 이야기하는 걸 듣고 나니, 곧바로 이솔라어처럼 자연스레 모든 랄폰어가 뇌리에 떠올라 버린 것이다.

기억이 없는 그녀로서는 당혹스러운 일이었다.

'나, 제국 출신의 농노라며? 심지어 부모도 없는 고아라고 들었는데?'

신분도 미천한 데다 나이도 고작해야 10대 초중반인데, 3개 국어 구사자라고?

스스로 생각해도 좀 많이 이상하다.

카르나크가 옆에서 심드렁하게 말을 던졌다.

"뭐가 이상해? 성실한 성격이었나 보지."

"언어란 게 성실하다는 것만으로 배울 수 있는 건 아니잖아요?"

"재능이 넘치면 그럴 수도 있지. 2개 국어가 가능한데 3개 국어라고 못 할 건 뭐겠어?"

"재능이 넘친다고 저 같은 어린애가 3개 국어를 하는 게 말이 되나요?"

"재능이 넘쳐서 너 같은 어린애가 오러 유저가 된 건 말이 되고?"

"어, 그렇게 말씀하시니 또 그런 것 같긴 하네요."

라피셀은 어색한 듯 머리를 긁었다. 뭔가 걸리긴 하는데, 딱히 뭐가 문제인지 짚지를 못하겠다.

"어쨌든 말이 통하니 다행 아냐?"

"그건 그렇지만요."

연신 혼란스러워하는 라피셀을 보며 카르나크는 눈을 가늘게 떴다.

'조금씩 기억이 돌아오고 있나?'

지금은 언어에 관한 기억만 되찾고 있지만, 나중에는 다른 기억도 되돌아올지 모른다.

'이게 좋은 일인지 나쁜 일인지 모르겠네.'

카르나크 곁으로 다가가며 세라티가 물었다.

"그나저나 전 어쩌죠? 저 혼자만 말이 안 통하면 아무래도 민폐가 될 것 같은데."

"할 수 없지. 통역 목걸이도 못 구했고."

마법적 통역 목걸이는 같은 무게의 금과도 맞먹는 비싼 물건. 하지만 사실 지금의 카르나크 입장에선 별로 비싸지도 않다.

반대로 말하면, 그냥 금목걸이 하나 가격밖에 안 된다는 소리잖아?

그래서 사 준다고 큰소리쳤는데, 한 가지 문제가 있었다.

이게 라케아니아 제국에서나 같은 무게의 금값이지, 7왕국 연합에선 돈 주고도 못 사는 물건이었던 것이다.

대마법사 디오그레스 콜론의 여명탑에서만 독점적으로 제작하는 물건이었으니까.

제국 내에서도 워낙 수요가 많다 보니 7왕국 연합 쪽까진 아예 물량이 돌지도 않는다.

[아니면, 급한 대로 내 쪽 통역기라도 쓸래?]

[그 통역기, 단점이 너무 커서 카르나크 님도 직접 언어를 익힌 것 아니었어요?]

사령술 통역기는 제작 과정의 사악함은 차치하고서라도 꽤나 심각한 문제가 있었다.

말 그대로, 사령술 관련 물품이라는 점이었다.

사람이랑 대화하려고 쓰는 물건인데 사용할 때마다 사기가 풀풀 풍기면 정체 들키기 딱 좋지 않겠는가?

그래서 왕년의 카르나크와 바로스도 일부러 언어를 직접
익힌 것이다.

정체가 드러나도 상관없는 경우 말고는 도통 못 써먹을 물
건이었으니까.

하지만 이것도 옛날 이야기였다.

[지금은 괜찮아. 약점을 확실히 보완했거든.]

예전과 달리 지금의 카르나크에겐 사기를 감추는 마법, 사
법의 기만자가 있는 것이다.

이를 추가로 걸면 통역기 속 유령의 존재 정도는 쉽게 감
출 수 있다.

[전생 때 이걸 알았으면 좀 더 편하게 숨어 다녔을 텐데 말
이야. 하지만 덕분에 언어 공부 열심히 한 건 다행이려나?]

빙그레 웃으며 카르나크가 물었다.

[어쩔래? 만들어 줄까?]

세라티는 잠시 고민했다.

저 사령술 통역 목걸이의 사악함은 확실히 무시할 수준이
아니다.

하지만 그녀 혼자만 말을 못 알아듣는다면, 만일의 경우
무슨 예상 못 한 변수가 터질지 모른다.

[할 수 없죠, 민폐를 끼칠 순 없으니까.]

그녀가 승낙하자 카르나크가 환하게 웃으며 뭔가를 내밀
었다.

[잘 생각했어. 자, 이거.]

[엥? 이 삽은 뭔데요?]

[예전에 말했잖아? 강령술에 쓸 촉매 필요하다고.]

그 촉매가 뭔지는 그녀도 예전에 설명을 들었다.

[가는 길에 주인 없는 무덤 보이면 뼈 파내서 챙겨 와.]

[…….]

[아, 라피셀 몰래 움직이는 것 잊지 말고.]

참고로 뼈 자체는 그냥 아무 인간의 뼈이기만 하면 괜찮다
는 듯했다.

단순한 촉매일 뿐이니까.

초혼령이 랄폰어와 이솔라어를 할 줄 아는 통역사이기만
하면 된다.

세라티가 떨떠름한 표정으로 삽을 받아 들었다.

'이, 이래도 되는 건가?'

깊은 밤, 버려진 무덤 사이로 바람이 불어 풀이 살랑거린
다.

아우우우!

어둠이 깔린 산속에서 늑대가 길게 울었다. 그리고 이내
놀란 듯 달아났다.

무덤 사이로 그림자 하나가 천천히 일어난 탓이었다.

달빛이 그림자를 비춘다.

어둠이 거두어지며, 파헤쳐진 무덤 한복판에서 아름다운 여인의 얼굴이 드러난다.

바람이 분다.

썩어 문드러진 인간의 팔뼈를 쥐고 있는 미녀의 머리칼이 은은히 나부낀다.

악몽과 현실의 경계선에 서 있는 듯한 광경이었다.

"와, 나 지금 무슨 꼴을 하고 있는 거래?"

무덤 파던 삽에 몸을 기댄 채 세라티는 깊은 한숨을 내쉬었다.

"……살다 살다 별짓을 다 해 보네, 진짜."

열심히 길을 따라가다 보니 성벽까지 두른 제법 큰 마을이 하나 보였다.

랄폰어 통역기를 실제로 사용해 볼 기회인지라 세라티가 나섰다.

"이번엔 제가 물건 사 올게요."

혹시 모른다며 카르나크도 따라붙었다.

"대화 꼬이면 옆에서 번역해 줄 사람은 필요하겠지?"

랄폰어 정도는 다들 할 줄 아는데 굳이 그가 붙은 이유는 역시 저 통역기가 사령술로 움직이기 때문이다.

만일의 경우 흔적을 지우려면 카르나크가 직접 나서야 한다.

마차를 어귀에 댄 뒤 두 사람이 마을로 향했다.

무슨 생각을 하는 건지 라퓌셀이 흐뭇해하며 손을 흔들었다.

"다녀오세요, 두 분!"

　　　　　　　　　　　✳

시골치곤 제법 번화한 마을이었다.

오가는 인파 사이로 걸음을 옮기며 카르나크와 세라티는 식료품점부터 찾았다.

문을 열고 안으로 들어가자 굵은 목소리가 둘을 맞이했다.

"어서 오십시오. 여행자이신가 보군요."

식료품점 주인은 40대 후반 정도로 보이는 살찐 중년 사내였다.

그가 친절한 어조로 말을 이었다.

"마즈 마을에 오신 걸 환영합니다. 무엇을 도와드릴까요?"

사령술 통역 목걸이가 상대의 랄폰어를 이솔라어로 바꿔 세라티에게 전달한다.

뜻을 이해한 그녀가 더듬거리며 입을 열었다.

"이 마을의 특산품을 추천해 줄 수 있나요?"

발음이 썩 좋진 않아도, 이해 못 할 정도는 아니었다.

대화가 무난하게 이어졌고, 잠시 후 신선한 과일과 채소, 빵을 구입해 식료품점을 나설 수 있었다.

랄폰어에 문외한인 세라티가 현지에서 이 정도 대화를 나눌 수 있게 해 줬으니 통역 목걸이의 성능은 충분하다고 할 수 있으리라.

그러나 그녀의 생각은 달랐다.

[이거, 생각했던 거랑 많이 다른데요?]

카르나크의 통역 목걸이는 마법 대신 혼령을 빙의시켜 번역하는 방식이다.

문제는 혼령이 마냥 말을 잘 듣지만은 않는다는 점이었다.

아니, 보통은 말을 안 듣는 게 정상이지.

강제로 끌려와서 노역하는 처지가 되었는데 고분고분할리가 있나?

그래서 영혼을 고문하는 방식을 취하는데, 이게 세라티 귀에는 이런 식으로 들린다.

─어서 오십…… 으아악! 시오. 여행자이신가…… 케에엑! 보군요.

─마즈 마을에 오신…… 크억! 걸 환영합니다. 무엇을 크윽, 윽! ……도와드릴까요?

중간중간에 비명이며 신음이 계속 울리는 것이다.

[찜찜해서 계속 쓸 수나 있겠어요?]

게다가 이쪽에서 랄폰어로 말하는 건 세라티가 직접 해야 한다.

들리는 대로 따라 말하는 식이지, 통역 목걸이가 직접 떠드는 게 아니란 소리다.

즉, 식료품점 주인 귀엔 이렇게 들린다.

－이 마울우이 트쿠산푸믈 추천해 주르 수 이나요?

그냥저냥 알아들을 수는 있지만 그리 바람직한 수준은 아니랄까?

[혹시 마법 쪽 통역 목걸이도 이런 식이에요?]

[아니. 그건 그냥 마법이 알아서 언어를 변환해 줘.]

[사령술 쪽은 성능이 많이 떨어지네요.]

[대신 싸잖아.]

카르나크가 입을 삐죽였다.

[가격 차이가 얼만데? 노이즈 끼는 건 좀 감안하고 써라.]

[영혼의 절규를 고작 노이즈로 퉁치면 안 될 것 같은데요…….]

식료품 외에 필요한 기타 물품을 구입하기 위해 잡화점도 찾았다.

그 와중에 오가는 행인들의 이야기도 꽤나 엿들었다.

사령술 통역 목걸이 자체는 분명 나쁘지 않은 성능이었다.

지나가며 들리는 랄폰어를 착실히, 오역 없이 이솔라어로 전달해 준다.

문제는 너무 듣기 힘들다는 점이지만.

[계속 신음하는데요.]

[원래 그래.]

[계속 비명 지르는데요.]

[원래 그래.]

세라티는 카르나크를 흘겨보았다.

지금 이게 원래 그렇다며 넘어갈 문제인가?

심지어 마냥 신음하거나 비명만 흘리는 것도 아니다.

–으허헝, 으엉, 끅, 꺽…….

[카르나크 님, 애 울어요…….]

결국 그녀는 통역 목걸이를 풀었다.

[심란해서 도저히 못 쓰겠네요.]

세라티도 이런 사악한 물건을 내내 쓸 생각은 아니었다.

어디까지나 필요할 때만 잠시, 평소엔 랄폰어 공부 열심히 하면서 필요할 때만 잠시 힘을 빌릴 생각이었지. 일행에게 민폐가 되고 싶진 않았으니까.

하지만 이래서야 차라리 민폐가 되는 쪽이 낫다.

'어휴, 괜히 사령술이 그토록 기피당하는 게 아니구나.'

그녀라고 무슨 성자처럼 마냥 선량하게 살아야 한다고 주장하는 건 아니다.

당장 카르나크와 얽힌 이유도 본인의 이득을 위해 권속을 자처했기 때문이 아닌가?

무덤까지 파 가면서, 그래도 어느 정도 선까지는 사령술을 긍정해 보려 노력했다.

하지만 사령술에 대해 알면 알수록 느끼는 건, 왜 그토록 멸시당했는지뿐이었다.

사실 인류라고 뭐 엄청나게 선한 종족도 아니지 않나?

악한 짓도 더러운 짓도 충분히 많이 저지르곤 한다.

그런 인류조차 '아, 이건 진짜 아니다.' 싶어서 금기로 못 박아 놓은 것이 사령술인 것이다.

사람이 마냥 착하게 살 필요까진 없다.

하지만 악을 긍정해서도 안 된다.

그러지 않으면 어떻게 되는지, 지금 눈앞의 인간이 보여 주고 있다.

[심란해?]

영혼의 절규와 비명이 귀청을 찌른다는데도 전혀 이해 못 하는 저 인간이.

[비명은 영혼이 지르는데 왜 세라티 네가 심란해?]

식료품 등을 보충한 뒤 카르나크 일행은 마즈 마을을 떠나 계속 남하했다.

평소처럼 바로스는 마부석에, 카르나크와 세라티는 마차에, 라피셀과 레번은 말을 타고 마차 옆을 호위하듯 함께 움직인다.

덜컹대는 마차 안쪽에서 낭랑한 목소리가 울렸다.

"안녕하세요. 제 이름은 세라티 알렌입니다."

열심히 초보용 랄폰어 서적을 들여다보는 세라티의 목소리였다.

결국 그녀는 사령술 통역 목걸이를 완전히 포기했다.

가련한 영혼은 해방시켜 주고, 뼈 역시 길가에 묻었다.

그리고 결심한 것이다.

'공부하자!'

영혼을 학대하는 죄악을 저지를 바에야 그냥 노력해서 랄폰어를 익히는 게 백배 나았다.

"당신은 소년입니까? 저는 소녀입니다."

열심히 랄폰어로 문장 발음 중인데 옆에서 카르나크가 초를 쳤다.

"아, 틀렸다."

"엥? 뭐 잘못했어요?"

"소녀 아니잖아?"

"……아직 26살밖에 안 되었거든요?"

"25살 아니었나?"

"그건 작년 이야기잖아요."

그러고 보니 세라티가 카르나크와 만난 지도 벌써 1년이
지났다.

그녀뿐 아니라 다른 이들도 1살씩 나이를 더 먹은 것이다.

왠지 서글퍼져 세라티가 구시렁거렸다.

"흑, 한 것도 없이 나이만 먹었네."

말 탄 채 옆에서 걷던 레번이 묘한 표정을 지었다.

'고작 20대 중반에 청색급 오러 유저가 되어 놓고 무슨?'

심지어 부모나 가문의 힘도 빌리지 않고 홀로 자수성가해
서 이룬 업적이었다.

그런데 한 게 없다고? 그럼 무왕의 가문에서 태어나, 남의
힘으로 간신히 오러 각성한 자신은 대체 뭐가 되나?

'나 들으라고 하는 소린가, 저거?'

아무리 오러를 터득해도 소심한 성격이 어디 가지 않는 레
번이었다.

마즈 마을을 출발한 지 사흘째.

마침내 카르나크 일행은 목적지인 하르톨 시티에 도착했다.

도시의 정경을 내려다보며 레번이 감탄을 터트렸다.

"생각보다 큰 도시네요!"

평야를 따라 흐르는 타볼강을 따라 목조선들이 오가며 포구에 짐을 내린다. 그 너머로 커다란 성벽이 길게 늘어서 있다.

도시 곳곳에 강의 지류가 운하처럼 흐르고, 강을 가로질러 연결된 아치형 다리 위로 많은 인파가 오간다.

일행은 재빨리 마차를 몰아 도시 안쪽으로 향했다.

성문을 통과하니 대로를 따라 세워진 높은 첨탑과 상점들이 보였다.

행인들도 상당히 많았는데, 복장을 보아하니 대부분 상회 소속의 행상들인 듯했다.

미리 알타스 상단을 통해 이 도시의 지도는 확보해 놓았다.

지도를 펼쳐 확인하며 카르나크가 말했다.

"일단 여관부터 잡자."

딱히 고위 귀족들이 자주 오는 곳은 아닌지라 왕도처럼 화려한 여관은 없었다.

하지만 워낙 다양한 상회가 오가는 곳이라 여관 자체는 꽤 많다.

오죽하면 여관 거리가 따로 있을 정도다.

협소한 골목길을 따라 좀 더 들어가니 미리 봐 둔 여관 간판이 나왔다.

까마귀의 돌

2층짜리 목조건물이었는데, 썩 좋지도 딱히 나쁘지도 않은 수준이었다.

적당히 방을 잡고 짐을 풀었다.

그 와중에 세라티가 레번에게 몰래 한마디 하기도 했다.

"혹시 모르니까 도망칠 준비를 따로 해 두세요."

"왜요? 뭔 일 생깁니까?"

의아해하는 레번을 향해 권속 입장의 선배로서 진지하게 충고를 해 준다.

"제 경험상, 챙겨 두는 게 좋더라고요."

대선배 격인 바로스도 당연하다는 듯 고개를 끄덕끄덕.

"……해 두겠습니다."

그러는 동안 카르나크는 또다시 지도를 확인하고 있었다.

어떤 일이건 사전 정찰은 필수인 법.

"테카스 상단 건물이 도시 북쪽이랬지? 짐 다 풀면 가 보자."

테카스 상단 건물 정찰은 아무 일 없이 끝났다.

무슨 난동을 부리는 것도 아니고 그냥 행인으로 위장해 건물 주위를 한 바퀴 돌고 오는 게 전부다. 당연히 일이 터질 리 없지.

그렇게 사전 정찰까지 마친 뒤 카르나크가 몰래 세라티를 불렀다.

[작전 회의 좀 하자.]

엄밀히 말하면 회의가 아니라 검수를 받는 것이었지만.

이제 제덱스, 정확히는 그로 의심되는 배널 랠프스태더가 있는 테카스 상단 건물을 공략해야 한다.

[그래서 좀 물어보려고. 예전에는 이런 경우 항상 하던 짓이 있었는데, 아무래도 그러면 안 될 것 같거든.]

[물어보나 마나일 것 같긴 하지만 그래도 일단 여쭤는 볼게요.]

불신 가득한 눈으로 세라티가 질문했다.

[예전엔 어떻게 하셨었어요?]

[뭐, 별건 아니고…….]

도시민들 잔뜩 죽인 뒤, 그걸 재료 삼아 언데드 잔뜩 일으키고, 사령군단 든든하게 만들어 놓은 뒤 죽죽 밀고 나갔다고 한다.

의외로 세라티의 반응은 태연했다.

[전형적인 사령술이네요?]

이 정도는 그동안 만났던 사령술사들도 했던 짓이라 딱히 놀랍지 않다.

[카르나크 님 정도 되면 뭔가 특이한 수법을 쓰셨을 줄 알았는데.]

[원래 전형적이라는 건 그만큼 편하고 효율적이라는 의미도 되거든. 그래서 누구나 하는 거라고.]

하여튼 예전처럼 살 순 없으니, 카르나크도 나름 인간적인 전략을 몇 개 짜 왔다.

그렇지만 본인의 인간적 기준을 확신할 수 없으니 이렇게 세라티에게 확인을 받는 것이다.

[일단 몰래 저택에 접근할 거야.]

[네.]

세라티가 고개를 끄덕였다.

[그리고 날씨와 바람을 파악해서 적당한 공격 시간대를 정한다.]

날씨는 그렇다 치고 바람?

조금 이상하지만 어쨌든 계속 고개를 끄덕인다.

[그렇군요.]

[그다음 미리 정해진 장소에 기름 붓고 불을 지르는 거야. 화재가 크게 번지면 사람들의 혼란이 극심해질 테니 그 틈에

제덱스를 쉽게…….]

[기각.]

[안 되냐?]

[되겠냐!]

세라티의 반응에 카르나크가 재빨리 태도를 바꿨다.

[하긴, 내가 생각해도 좀 아닌 것 같긴 했어. 그래서 두 번째 작전이 건물의 식수에 독을 푸는 건데…….]

[아니, 관계없는 사람들에게 피해를 입히지 않는 작전은 없어요?]

[어, 관계없는 사람이 피해를 입지 않으면 그만큼 우리가 귀찮아지는데?]

[그걸 감수하며 사는 게 바로 인간다운 거라고요!]

[……그런가?]

머리를 벅벅 긁으며 카르나크가 투덜댔다.

[할 수 없군. 귀찮아도 이렇게 해야지.]

테카스의 주인

하르톨 시티는 타볼강과 인접해 있다 보니 안개가 끼는 날이 꽤나 잦은 편이다.

해가 저문 지 몇 시간이나 지난 깊은 밤.

오늘도 도시는 짙은 밤안개에 휩싸여 있었다.

시민들은 일찌감치 집에 들어갔고 간간이 야경꾼들만이 거리를 드문드문 오갈 뿐.

그 인적 없는 거리를 한 무리의 일행이 조용히 이동한다.

전원 검은 로브로 몸을 숨겼지만 안쪽에 단단히 무장을 한 이들, 카르나크 일행이었다.

밤거리를 둘러보며 라피셸이 나직이 중얼거렸다.

"주위에 인기척은 없네요, 다들 아시겠지만."

오러 유저는 눈으로 보지 않고도 기감을 통해 주위 사물을 인지할 수 있다.

라피셀 역시 오러를 각성하며 기감이 대폭 활성화되었으니, 이 정도로 안개가 짙다면 아무에게도 들키지 않고 거리를 오가는 것도 가능했다.

카르나크 일행은 계속 사람들의 눈을 피해 거리를 걸었다.

이윽고 안개 너머로 커다란 3층 건물이 하나 보였다.

고급스러운 화강암으로 이루어진 품위 있는 건물인데, 도시 한복판이다 보니 따로 정원 같은 것은 없고 주위 건물과 인접해 있었다. 그 점만 제외하면 대귀족의 저택이라 해도 될 것 같았다.

목적지인 테카스 상단의 저택이었다.

반대편 골목에 숨은 채 일행은 저택 안쪽을 살폈다.

문지기도 없고, 돌아다니는 경비병도 보이지 않는다.

레번이 작게 중얼거렸다.

"그리 엄중한 경계 태세는 아닌 것 같군요."

딱히 이상할 것은 없었다.

무슨 전쟁 중의 군사 요새도 아닌데 밤마다 보초를 세울 필요가 어디 있나? 그냥 마법 결계 좀 걸고 개들이나 풀어놓으면 일반적인 방범으로는 충분하다.

게다가 이 건물은 도시 안쪽에 위치해 있어 번견을 따로 두지 않았다.

'좋아, 세라티의 검수를 받아 비교적 인간적인 계획도 세웠으니⋯⋯.'

고개를 끄덕이며 카르나크가 나직이 중얼거렸다.

"작전 개시다."

카르나크가 세운 '비교적 인간적인 계획'의 내용은 이렇다.

"배널 랠프스태더를 납치하겠다."

야밤에 몰래 저택에 침투해서 상대를 빼돌린 다음, 머리에 바늘 꽂고 진위를 판가름해 보겠다는 소리였다.

만약 배널이 정말 제덱스라면?

"운 좋게 납치 성공하면 깔끔하게 해결되는 것이고, 혹여 납치에 실패해도 준비되지 않은 제덱스와 싸울 수 있을 테니 훨씬 유리한 고지를 선점할 수 있지."

제덱스와 아무 상관도 없다면?

"간밤의 기억만 지우고 대충 길거리에 버려두면 되지. 애도 아니고, 해 뜨면 알아서 집에 돌아갈 것 아냐?"

고개를 끄덕인 뒤 세라티가 진지하게 물었다.

"배널 입장에선, 멀쩡히 자고 일어났더니 길거리에 덜렁 버려져 있는데 기억이라곤 하나도 안 나는 상황이겠네요?"

"그렇지."

"관계없는 사람에게는 피해 안 준다면서요?"

"이 정도면 충분히 배려한 거 아냐?"

당당한 카르나크의 대꾸에 그녀는 잠시 고민했다.

솔직히 이 정도는 세라티 기준에서도 큰 문제가 없는 것이다. 용병 노릇 하던 기준에서는 말이지.

하지만 선량한 일반인 기준에선 여전히 몹쓸 짓이다.

일단 다른 의견을 제시해 보았다.

"먼저 상대의 정체부터 확실히 파악하는 게 어떨까요?"

대뜸 남의 집 담벼락 넘을 생각부터 하지 말고, 차분하게 정보를 좀 모으잔 소리였다.

이것도 나쁜 이야기는 아니다. 그 와중에 예상치 못한 문제를 발견하게 되어 대처할 수도 있으니까.

"옳은 말이야."

카르나크 역시 순순히 승복했다.

"그래서 그걸 어떻게 파악할 건데?"

"모험가 길드에 의뢰하죠. 이 도시에도 길드는 있을 것 아니에요?"

"이 동네 길드에 아는 사람 있니?"

"있을 리가요."

머나먼 대륙 북쪽 데라트 시티에서만 활동하던 그녀가 대륙 남쪽에 지인이 있을 리 없다.

"반면 배널인가 뭔가 하는 놈은 이 동네 토박이겠지?"

"그, 그렇죠?"

"한쪽은 얼굴 자주 보고 지낸 토박이고 다른 한쪽은 정체 모를 외지인인데, 외지인이 동네 토박이 조사해 달라고 하면 참 은밀하게 진행되겠다, 그치?"

"……."

차선책으로 위장 잠입도 제안해 보았다.

"하인이나 하녀로 위장해 저택에 잠입해서 정보를 확실히 모으는 건요?"

평소 읽던 모험담에서 종종 나오는 이야기다.

이번에도 카르나크는 진지하게 고개를 끄덕였다.

"그럴듯한 의견이야."

그리고 되묻는다.

"그래서, 그런 위장 잠입을 해 본 적은 있고?"

"어, 없는데요."

여태 용병으로 살며 칼질만 했는데 뭔 위장 잠입인가?

"그럼 누굴 시킬 건데?"

의외로 카르나크나 바로스는 위장 신분으로 지낸 경험이 꽤 있다. 과거 약했던 시절 숨어 살며 도망쳐야 했으니까.

하지만 그건 어디까지나 도주 중일 때의 이야기지, 무슨 스파이 노릇을 해 본 건 아니다.

"아니면 지금처럼 행상으로 위장한 채 지속적으로 상대를 탐색하면서 수상한 부분을 확인하는 방법도 있긴 한데…….”

말하다 말고 카르나크가 혀를 찼다.

“이건 시간도 너무 오래 걸리고 이쪽 정체가 들통날 위험도 있고 해서 좀 별로인데, 난?”

세라티는 입을 다물었다. 딱히 더 떠오르는 의견이 없었다.

‘사실 이 정도면 허용 범위이긴 하지?’

악행을 언급해 달라고 해서 굳이 토를 달긴 했지만, 요인 납치 정도면 일반적으로도 잘만 저지르는 일이다.

‘상대가 무슨 큰 피해를 입는 것도 아니고.’

목숨이 위태로워지는 일도 아니고 신체가 훼손되는 것도 아니고, 그냥 잠 잘 자다가 봉변 좀 당하고 끝.

결국 그녀도 고개를 끄덕였다.

“……납치하죠.”

달빛이 비치는 테카스 저택 동쪽 담장 위로 머리 하나가 불쑥 올라온다.

거친 금발의 20대 사내, 바로스였다.

‘좋아, 근처에 아무도 없군.’

기감으로 이미 확인했지만 그래도 조심해서 나쁠 건 없었다.

수신호를 보내자 이내 다른 이들도 하나둘 담을 넘었다.

세라티며 레번, 라피셀까지 속속들이 착지한다. 마지막으로 카르나크가 부유 마법을 써 날아온다.

이 정도로 많은 이들이 저택 안쪽에 들어섰음에도 여전히 반응은 없었다.

미리 카르나크가 전원에게 인식 저해 마법을 걸어 놓은 덕분이었다.

[이 마법, 잘 먹히네요.]

세라티의 감탄에 바로스가 잠시 으스댔다.

[당연하죠. 우리가 남의 집 담벼락 한두 번 넘은 줄 알아요?]

따로 정원이 없으니 담벼락 너머가 바로 상단 건물이다.

카르나크가 저택 창문을 가리켰다.

[이동하자.]

높은 담벼락 그림자 아래 몸을 숨긴 채 일행은 빠르게 저택으로 이동했다.

여전히 아무도 그들의 존재를 눈치채지 못했다.

이들에게 걸린 인식 저해 마법을 알아차리려면 상당히 강력한 오러 유저나 마법사, 혹은 성직자여야 하는데 이 저택엔 그 정도의 강자가 상주하고 있지 않은 것이다.

이건 낮에 정찰하며 이미 확인했던 사실이다.

테카스 상단이 저택 경비에 허술해서가 아니라, 원래 하르톨 시티 같은 지방 도시에선 이 정도가 정상이었다.

실제로 유스틸 왕국 북부 최대의 도시라는 데라트 시티에서도 오러 유저는 고작 세라티 1명, 최강의 마법사인 릴테인도 6서클 초입이다.

진짜 강력한 마법사나 오러 유저는 수도 같은 큰물에서 노는 경우가 많아 이런 지방까진 잘 내려오지 않는 것이다.

여신교단이야 특성상 지방에도 고위 성직자가 제법 있지만, 보통은 자기 신전에서 머무르지 이런 저택 신세를 지진 않는 법이고.

마법의 힘을 빌려 일행은 빠르게 저택 벽면까지 다가갔다.

잠긴 창문을 보며 '못 따는 게 없는 레번 경'이 눈을 빛냈다.

"창문 딸까요?"

저택 내부는 어둠으로 가득했다. 군데군데 양초의 불빛만이 내부를 희미하게 비출 뿐이었다.

세라티가 전언으로 말했다.

[깨어 있는 사람은 없네요, 이럴 줄 알았지만.]

왕궁 혹은 병영 같은 곳에서나 한밤중에도 불침번 세우지,

전시 상황이 아니라면 모두 재우는 게 상식이다.

다만, 너무 평범해서 오히려 수상하긴 했다.

주위를 살피며 바로스가 중얼거렸다.

[여기 정말 제렉스 씨 있는 거 맞아요? 너무 아무것도 없는데요.]

암흑교단의 주축 중 1명이 숨어 있는 곳이라기에는 너무 허술한 것이다.

[적어도 은밀하게 사령결계 정도는 깔아 둘 법한데…….]

이 저택엔 아무런 사령술도 걸려 있지 않았다. 그 정도는 카르나크가 이미 확인했다.

어지간한 사령술은 그의 눈을 피해 가지 못한다.

[그래도 방심은 하지 말고. 테스라낙 관련해서는 내가 모르는 것들도 꽤 있으니까 말이야.]

그때 라피셀이 수신호를 보냈다. 아무도 없으니 2층으로 올라가자는 의미였다.

문득 세라티가 안쓰러워했다.

[어째 좀 미안하네요.]

지금도 라피셀은 침묵의 어둠 속에서 시종일관 진지하게 손짓을 하고 있었다.

[우리끼리만 떠들고 있으니 어째 따돌리는 기분이…….]

2층으로 올라간 뒤 바로스가 기감을 펼쳐 복도 좌우를 살폈다.

배널이 어느 방에서 자고 있는지는 미리 알아내지 못했지만, 원래 이런 저택에서 집주인이 머무를 장소는 정해져 있는 법이다.

어렵지 않게 장소를 특정할 수 있었다.

[저기가 제일 큰 침실이구만요.]

[혹시 다른 사람 침실이면 어쩌죠?]

레번의 의문에 카르나크가 태연히 답했다.

[그럼 그놈 머리에 바늘 꽂고 배널 침실 물어보면 되지.]

[아, 하긴.]

납득하며 레번이 침실로 향했다. 그리고 문고리를 쥐며 말했다.

[그럼 문 엽니다.]

역시나 못 따는 게 없는 레번이었다.

침실 문이 소리 없이 열렸다.

⟨✳⟩

침실로 들어서니 중앙 침대에 누워 깊이 잠든 30대 사내가 보였다.

외부로 소리가 새어 나가지 않도록 차음 결계를 건 뒤 카르나크가 손짓했다.

"바로스, 깨워."

잠든 채로 바늘을 꽂으면 아무래도 효과가 덜하다. 꿈인 줄 알고 헛소리를 해 대거든.

일단 정신이 말똥말똥할 필요가 있는 것이다.

바로스가 다가가 사내를 흔들었다.

"자, 자, 기상."

사내가 중얼거리며 눈을 떴다.

"……음? 벌써 해가 떴나?"

그리고 놀라 소리치며 몸을 일으켰다.

"치, 침입자다!"

하지만 바로스가 훨씬 빨랐다.

순식간에 상대의 뒤를 잡아 짓누르며 전신을 제압하는데, 그야말로 사람 잡는 데 이골이 난 솜씨였다.

꼼짝 못 하게 된 사내가 공포에 물든 얼굴로 눈알을 굴렸다.

"누, 누굽니까, 당신들은?"

카르나크는 인상을 썼다.

얼핏 보기엔 정말 두려움에 떠는 것 같았다.

'어째 제덱스 같지는 않은데.'

연기력이 좋은 건가, 아니면 정말 딴 사람인가?

'확인해 보면 알겠지.'

검지를 들어 마력의 바늘을 뽑아 든다. 그리고 곧바로 사내의 정수리에 꽂아 넣는다.

푹!

사내가 게거품을 물며 눈알을 뒤집었다.

순간 라피셀이 경악했다.

"카르나크 님? 그게 뭐예요?"

"응? 왜? 심문하잖아?"

"그, 그렇지만……."

당황한 라피셀은 다른 사람들을 바라보았다.

그리고 한 번 더 당황했다.

바로스 오빠와 세라티 언니마저 왜 그러냐는 듯 자신을 바라보고 있다?

그제야 세라티가 혀를 찼다.

'아차, 이게 일반적으로는 굉장히 흉악한 광경이지, 참?'

그동안 너무 자주 봐서 무심코 익숙해져 버린 것이다.

실제로 레번은 몇 번 봤음에도 불구하고 여전히 표정이 굳어 있지 않은가?

'큰일이야. 너무 물들었어.'

한숨을 쉬며 라피셀부터 달랬다.

"괜찮아. 후유증 별로 없어. 겉으로만 저래 보이는 것이지 오히려 안전해."

'그, 그런가? 내가 아직 어려서 모르는 거고 사실은 별일 아닌가?'

"손톱을 뽑고 인두로 지지는 것보단 낫지 않겠니?"

"……네."

듣고 보니 맞는 말이라 라피셀도 흥분을 가라앉혔다.

카르나크가 다시 침상 위의 사내에게로 시선을 돌렸다.

바늘을 조작하며 질문을 던진다.

"네 이름이 뭐지?"

"로렌조 팔란드입니다."

"침실 잘못 찾았네."

카르나크는 쓴웃음을 지었다. 어째 이럴 것 같았다.

"그럼 배널은 어디에서 자고 있지?"

그때였다.

갑자기 놈의 목소리가 바뀌었다.

"……배널 랠프스태더를 찾는가?"

"엥?"

마치 쇠를 긁어 대는 듯한, 지옥 저편에서 울리는 듯한 끔찍한 목소리였다.

"왔구나, 우리의 적이여!"

로렌조가 자리에서 벌떡 일어났다. 그 기세에, 상대를 제압하고 있던 카르나크가 뒤로 튕겨 났다.

"윽!"

물러나며 카르나크는 인상을 썼다.

분명 완전히 제압당해 제대로 힘을 줄 수 없는 자세였다. 그럼에도 불구하고 무시무시한 거력이 그를 밀친 것이다.

이유는 보나 마나 뻔하다.

"에잉, 역시 사령술이네."

허리를 편 로렌조로부터 어둠이 뿜어져 나오고 있었다.

전신이 부풀어 오르며 흉측한 모습으로 변화한다. 뿔과 촉수가 돋아나고 두 눈이 자색으로 번뜩이며 짐승의 이빨이 길게 뻗어 나온다.

[이런 말은 없었잖아요, 카르나크 님?]

검을 겨누며 세라티가 입을 삐죽였다.

[왕년의 사령왕이시라 그 어떤 사령술도 자기 눈을 못 피한다더니?]

[예전에 그랬다는 거지, 예전에.]

투덜대며 카르나크는 상대를 노려보았다.

놈이 풍기는 이 괴이한 사령력은 예전에도 본 적이 있다.

트리스트 시티에서 암약하던 타락한 하토바의 성직자, 슈트라프 주교와 흡사하다. 사령력과 신성력이 어지럽게 얽혀 있는 것이다.

덕분에 주의를 기울여 살폈음에도 발동 전까지 전혀 조짐을 알아차리지 못했다.

'역시 이놈들의 수법은 영 궤가 다르단 말이지?'

그나마 마나와 사령력의 융합은 많이 봐서 슬슬 파악이 된다. 몇몇 술식은 베껴서 재미도 봤고.

하지만 신성력 혹은 오러와 사령력의 융합은 몇 번 못 봐서 아직 정보 부족이다.

"일단 쓰러뜨려!"

카르나크의 외침에 레번과 라피셀도 투기검을 뽑았다.

붉고 푸른 오러의 빛이 침실을 환하게 밝히기 시작했다.

그러는 동안 로렌조는 슬슬 천장에 닿을 정도로 거대한 괴물이 되었다.

검은 괴물이 웅장한 포효를 터트렸다.

"크아아아아!"

하르톨 시티 외곽, 산등성이에 세워진 오래된 성채.

잠옷 차림의 30대 중반 사내가 성채 창문 앞에 서 있었다.

세간엔 배널 랠프스태더라고 알려진 타락한 태양의 교황, 제덱스 티엘란드였다.

창문을 통해 하르톨 시내를 유심히 내려다본다.

오직 안개와 어둠뿐인 침묵의 도시였지만 그에겐 다르다. 위대한 권능이 엮이고 엮여 상황을 전달해 주고 있다.

"드디어 왔나?"

제덱스는 빙그레 웃었다.

원래 거처였던 테카스 상단 저택에서 어둠이 요동치고 있었다.

"과연 테스라낙 님의 신탁대로구나."

그리고 늘어져라 하품을 했다.

"온 건 좋은데, 한창 잘 자다 일어나니 좀 피곤하긴 하군."

※

괴물이 날뛴다.

"크르르!"

근육질의 촉수가 사방으로 나부끼며 침대를 뒤집어엎고 가구들을 밀쳐 낸다. 벽면 곳곳에 굉음이 울리고 구멍이 뚫린다.

콰콰콰쾅!

놈이 제일 먼저 공격한 건 라피셀이었다.

제일 작고 약해 보이는 상대부터 노린 것이다.

흩날리는 파편 사이로 두 줄기 촉수가 날아든다.

침착하게 라피셀이 투기검을 좌우로 휘둘렀다.

"얍!"

촉수 줄기가 잘려 나가 체액을 뿌리며 나가떨어졌다.

순간 그녀의 표정이 묘하게 변했다.

"어?"

막 가세하려던 세라티며 레번의 안색 역시 변하긴 마찬가지였다.

'어머?'

'이건…….'

촉수를 잘라 낸 라피셸이 곧바로 몸을 날렸다.

붉은 투기검이 우아한 호선을 그리며 침실 전체에 빛의 윤무를 뿌렸다.

순식간에 검은 괴물의 전신이 빛으로 난도질되었다.

놈이 고통에 찬 신음을 터트렸다.

"카아아악!"

그리고 그대로 쓰러졌다.

그렇다. 라피셸 혼자서 간단히 해치워 버린 것이다.

"저기, 카르나크 님."

소녀가 고개를 갸웃거렸다.

"이거 너무 약한데요?"

괴물이 된 로렌조의 전력은 정규 기사 3~4명을 족히 상대할 수준이었다.

즉, 여기에 괴물보다 약한 이는 단 1명도 없다는 소리다.

제일 약한 라피셸조차도 오러 유저가 되었으니까.

"뭔가 함정이 있는 게 아닌지……."

말하다 말고 라피셸은 헷갈려 했다.

상대가 괴물로 변해 자신들을 노렸으니, 함정이란 건 이미 알고 있다.

"그러니까, 겉으로 보이는 함정 말고 또 다른 함정이 있는 게 아니냐는 소린데요…….”

카르나크가 실소를 흘렸다.

“고민할 필요 없어. 함정 맞으니까.”

다만 카르나크 일행을 쓰러뜨리는 것이 목적이 아닐 뿐이다.

“이놈은 그냥 봉화 같은 거야.”

로렌조가 괴물로 변신할 때, 탁기가 바닥과 기둥을 통해 지면으로 흘러 나가는 걸 이미 감지했다.

“신호를 멀리 보내는 게 진짜 목표다. 그걸 위해 사령력을 증폭시키면서 괴물로 변한 것이고.”

봉화를 올리기 위해 불을 크게 피우면 그만큼 주변의 공기도 달구어지기 마련.

괴물 변신은 목적이 아니라 과정일 뿐인 것이다.

“그러니까, 그저 알람으로 쓰기 위해 한 사람을 희생시켰다고요?”

사령술사 꽤나 만나 본 레번조차도 치를 떨 악행이었다.

“이 무슨 사악한…….”

반면, 라피셀은 의외로 침착한 모습을 보여 주었다.

창밖을 내다보며 그녀가 나직이 중얼거린다.

“상대가 어디선가 지켜보고 있다는 소리네요.”

바로스가 인상을 썼다.

“어째 이해가 좀 안 갑니다. 함정을 파 뒀다는 건 우리가 올 줄 미리 알고 있었다는 건데…….”

킹스 오더에도 알리지 않고 비밀리에 움직였는데, 어떻게 계획이 새어 나갔는지 이해가 가지 않았다.

“설마 우리가 올 때까지 내내 이렇게 지내지는 않았을 것 아닙니까?”

혹시 카르나크 일행 주위에 첩자를 붙여 놓기라도 했던 걸까?

그것도 좀 이상하다.

카르나크도 바로스도, 타인의 시선에 극히 민감한 성격이었다. 누군가가 자신들을 감시하고 있었다면 분명 어떤 낌새를 눈치챘을 것이다.

세라티가 다른 의견을 냈다.

“혹시 테스라낙이란 놈이 뭔가 한 건 아닐까요? 신이라 불릴 정도이니 멀리서 이쪽을 살펴볼 수 있다거나 할지도…….”

이건 정말 승산이 없다. 뭔 짓을 해도 전부 들통난다는 소리가 아닌가?

카르나크가 고개를 저었다.

“그건 아닐 거야. 만약 그런 식이라면 애초에 우리가 여기까지 들어오지도 못했겠지.”

어쨌든 일이 꼬인 것만은 틀림없었다.

적막만이 감돌던 심야의 저택에서 이런 대난동을 벌였는데 무사히 넘어갈 리가 없지 않은가?

저택 곳곳에서 소란이 일어나기 시작했다.

"침입자다!"

"전원, 경계 태세!"

"무기를 들어라!"

기감만으로도 인원이며 위치가 파악이 된다.

성인 장정 10명이 1층에서 와글와글 모여 열심히 2층으로 달려오고 있었다.

라피셀이 물었다.

"어쩌죠?"

"모조리 제압해."

마력의 바늘을 까닥거리며 카르나크가 눈을 치켜떴다.

"누군가 상황을 아는 놈이 있겠지."

ꟿ

테카스 저택의 경비들은 원래 상행을 호위하는 병사들이었다.

온갖 도적과 몬스터가 들끓는 험로를 오직 칼 한 자루만으로 버텨 낸 베테랑 중의 베테랑들.

그런 이들이 무려 10명이었으니, 어지간한 침입자 몇 명쯤은 우습게 제압할 수 있는 전력이었다.

상대가 어지간한 수준이었다면 말이지만.

짧은 훅으로 달려드는 사내의 턱 끝을 스치듯 후려갈기며 세라티가 중얼거렸다.

"아, 이거 좀 미안하네요."

상대의 복부 깊숙이 킥을 찔러 넣으며 레번이 대꾸한다.

"그러게요. 이 사람들은 그냥 자기 일 열심히 하고 있는 것뿐인데."

좌우 펀치로 병사 둘을 동시에 날리며 바로스도 고개를 끄덕였다.

"그러니까 최대한 안전하게 쓰러뜨려 줘야겠지요."

검을 뽑을 필요조차 없었다. 그냥 맨손으로 툭툭 치기만 해도 서글플 정도로 쉽게 쓸려 나갔다.

어쩔 수 없다.

아무리 베테랑이고 뭐고 간에 저들은 기사조차 되지 못한 일개 전사, 반면 이쪽은 오러 유저만 무려 넷이다.

단순히 신체 능력에서부터 이미 극심한 격차가 벌어지는 것이다.

2층 복도 곳곳에서 비명과 신음이 메아리쳤다.

"킥!"

"켁!"

"크억!"

10명이나 되는 경비병들이 모조리 복도 바닥과 한 몸이 되는 데는 채 몇 분 걸리지 않았다.

쓰러진 이들에게 다가가며 카르나크가 마력의 바늘을 까닥거렸다.

"자, 그럼 신속하게 확인부터 해야지."

경비병들이 긴 복도를 따라 나란히 뉘여 있다.

그 앞에 선 이는, 상대의 정수리에 바늘을 꽂은 채 이리저리 움직이며 음침한 표정을 짓는 흑발의 청년 1명.

"묻는 말에 답하라."

"……예."

누가 봐도 섬뜩하기 그지없는 광경이었다.

10명에 달하는 장정들이 죄다 눈알이 돌아간 채 게거품을 물고 있는 것이다.

하지만 라피셀은 오히려 안심했다.

'정말 세라티 언니 말씀대로구나.'

그녀는 기감을 통해 쓰러진 장정들의 신체 상태를 명확하게 파악하고 있었다.

'보기에만 좀 그렇지, 상당히 안전하잖아.'

다들 고통을 느끼지도, 두뇌가 상하지도 않았다.

상대를 고문하며 심문하는 것보다 훨씬 인도적이다.

'그럼 그렇지, 카르나크 님이 어떤 분이신데!'

약간(?)의 오해가 있긴 했지만 실제로 라피셀이 잘못 본 건 아니었다.

슬슬 카르나크의 마력 바늘 수법은 후유증이 거의 없는 수준까지 발전했다.

제 딴에는 사람답게 살아 보겠답시고 개발한 수법인 만큼 나름대론 굉장히 신경을 많이 쓴 것이다.

물론 아차 하면 폐인 만드는 건 여전히 마찬가지지만, 단순히 기억 일부를 지우거나 자백을 받는 정도는 애초에 난이도가 높지 않아 실수를 저지를 일도 없었다.

새로운 기억을 주입한다거나 기존의 기억을 재구성하는 수준까지 가면 또 모르지만.

잠시 후, 경비병들을 일일이 확인한 카르나크가 혀를 찼다.

"에잉, 뭘 제대로 아는 놈이 없네."

아쉽게도 쓸모 있는 내용은 건지지 못했다.

그나마 알 수 있었던 것은 하나뿐이다.

"어떻게 함정을 미리 파 놓았나 했더니……."

아까 바로스가 말하지 않았던가?

설마 자신들이 올 때까지 내내 이렇게 지내지는 않았을 것 아니냐고.

어이없게도 그게 정답이었다.

"그냥 내내 이 짓거리를 하고 있었어?"

카르나크가 제덱스를 노릴 거란 건 예상했다. 하지만 그게 언제일지까진 알 수 없다.

그래서 요 몇 달간, 계속 로렌조를 배널 랠프스태더의 침실에서 재우고 있었던 것이다.

"뭘 이렇게까지 무식하게 대응을······."

바로스가 어깨를 으쓱였다.

"효과는 있었잖아요?"

실제로 저 무식한 방법에 걸려든 자신들이 뭐라 할 순 없지.

레번이 카르나크를 돌아보며 물었다.

"이제 어쩌죠?"

"어쩌긴? 빠져나가야지. 쉽게 보내 줄 것 같진 않다만."

상황을 보건대 이 저택은 거대한 함정이다.

그리고 설치한 함정이 어떤 것일지도 대충 짐작이 간다.

제덱스의 정체는 타락한 교황.

'신성력과 사령력의 융합 결계겠지.'

그거라면 어떻게든 파해할 수 있다.

사법의 대속자를 써도 되고, 아니면 그냥 대놓고 사령술을 써도 된다. 예전에 트리스트 시티에서 슈트라프 주교를 상대로 경험도 쌓았다.

"걱정 마. 어지간한 사령술은 대처할 수 있으니까."

자신 있게 대꾸하며 카르나크가 막 고개를 돌리던 차였다.

"어?"

창밖이 묘하게 밝았다.

검은 하늘 위로 불티가 솟아오른다. 안개가 붉게 물들어 사방으로 빛이 번진다.

그 너머로 이글거리는 불길이 보였다.

적색의 화마가 골목을 따라 내달리며 끔찍한 열기를 거리 곳곳에 뿌려 대고 있었다.

저택을 둘러싸고 대화재가 일어난 것이다.

심지어 불길이 옮겨붙는 과정도 평범치 않았다.

적재적소에 기름 뿌리고 풍향 맞춰 불붙였을 때나 일어날 법한 화재였다.

세라티가 전언으로 뇌까렸다.

[카르나크 님 부하 맞네요. 생각하는 게 어쩜 저리 똑같대?]

사방에 열기와 연기, 불꽃이 가득하다.

매캐한 연기가 안개를 뒤덮고 먹구름이 되어 퍼져 나간다.

피어오르는 불길 사이로 혼란에 빠진 시민들이 뛰쳐나왔다.

"부, 불이야!"

하르톨 시티 정도 규모의 도시라면 나름대로의 화재 진압 대책이 세워져 있는 법이다.

게다가 온갖 상단들이 교역을 위해 모여 있는 곳이니만큼, 경험 많은 전사나 마법사도 제법 많다.

"다들 젖은 천으로 입을 막으시오!"

"어서 물을 길어 와!"

뛰쳐나온 시민들이 정신없이 우물로 달려갔다.

그동안 전사들은 허겁지겁 도끼를 들어 불타는 건물을 내리찍었다.

"건물을 부숴! 불이 번지지 못하게 해!"

마법사들 역시 파괴 마법으로 힘을 보탰다.

원래는 수계 마법을 쓰려 했지만 대기가 말라붙어 불가능했다.

시민 중 누군가가 소리쳤다.

"비를 내리게 할 수는 없습니까, 마법사님!"

어이없어하며 마법사도 악을 썼다.

"내가 그걸 쓸 수 있으면 여기서 살고 있겠소?"

광역 기후 변화 주문은 8서클 이상의 종사자나 가능한 강력한 마법.

여기 있는 마법사들은 대부분 3~4서클 수준이니 어림도 없는 이야기였다.

열심히 대응했지만 화재는 쉽게 가라앉지 않았다. 불을 끄려 해도 퍼지는 속도가 훨씬 빨랐다.

상인 1명이 인상을 썼다.

'젠장, 우연히 일어난 화재가 아닌데, 이거?'

평범한 화재라면 이렇게 여러 곳에서 번질 리 없다.

'틀림없어. 누가 일부러 일으킨 거야.'

그래도 이대로 계속 진압에 나서다 보면 어떻게든 화재를 다스릴 수는 있을 터였다.

검은 연기로 가득한 골목길 사이로 걸어오는 저 불길한 존재들만 없었다면.

"우으으으……."

"우어어어……."

수많은 좀비와 구울, 스켈레톤 무리가 여기저기에서 쏟아져 나온다.

시민들이 경악해 외쳤다.

"어, 언데드다!"

"아니, 어째서 언데드가 여기에……."

사방이 불길과 연기로 가득했지만 놈들은 전혀 개의치 않았다.

몸에 불이 붙건 말건 무시한 채, 불을 끄는 전사들과 마법사들을 덮쳐 간다.

"제기랄!"

"사령술사의 짓이었나!"

나름 산전수전 다 겪은 이들이었다. 만반의 준비를 갖추고 만났다면 어떻게든 대응했을 것이다.

하지만 한창 잠들어 있던 한밤중에, 무장은 고사하고 옷도 제대로 걸치지 못한 채 갑자기 뛰쳐나와, 사방이 매캐한 연기와 뜨거운 열기로 가득한 곳에서 놈들을 맞이했다면 이야기는 전혀 달라진다.

"으, 으아아악!"

"아아악!"

"커억!"

불타는 거리 곳곳에서 처절한 비명이 울려 퍼졌다.

* * *

테카스 상단 저택으로부터 몇 블록 떨어진 어느 2층 건물 옥상.

한 무리의 사령술사들이 상황을 지켜보고 있었다.

붉게 물든 밤거리를 바라보며 검은 신의 주교 워레인은 흐뭇하게 웃었다.

"후후후, 잘되어 가고 있군."

도시가 불지옥으로 변하고 무고한 이들이 무수히 죽어 가고 있지만, 사실 이는 진정한 목적이 아니다.

이 끔찍한 참사를 일으킨 진짜 이유는 화재와 언데드 군세를 이용해 테카스 저택에 카르나크 일행을 묶어 놓는 것이었다.

카르나크란 자가 어둠의 수법에 유독 잘 대응한다는 사실은 이미 알고 있다.

사법의 대속자 등 사령술에 특화된 고유 마법을 퍼트린 진짜 장본인이란 사실도 알아냈다.

그래서 제덱스는 이런 식으로 명령을 내렸다.

-결계 계열의 사령술 사용은 허락지 않겠다. 대신 화재를 크게 일으켜 결계를 대신하라.

-언데드 군세 역시 좀비나 구울 등 숫자로 밀어붙이는 계열만 구사하라. 고위 악령이나 악마 같은 강한 개체 한둘은 상대에게 이용당할 가능성이 있지만, 자잘한 좀비 수백 마리를 전부 빼앗진 못할 테니까.

화재야 그렇다 치고, 불길 속에 언데드 군세를 투입하는 것이 일견 불합리한 짓처럼 보일지도 모르겠다.

어둠의 상징인 언데드와 불은 상성이 좋지 않다고 알려져 있다.

실제로 모험가들이 언데드를 상대하는 주 전법 중 하나가 화염으로 불태워 버리는 것이다.

하지만 사실 언데드는 불에 약한 게 아니다.

태양에 약한 거지.

불 자체가 언데드의 약점은 아닌 것이다.

인간은 뭐, 불길에 닿으면 안 타던가?

공평하게 불은 모두에게 무섭다.

그리고 불길 속이라면 오히려 언데드가 타 생명체보다는 유리하다.

어차피 죽은 몸이라 불이 붙어도 한동안 움직일 수 있다.

숨을 쉴 필요가 없어 연기에 질식하지도 않는다.

역사적으로 봐도, 마을을 불태우고 언데드 군세로 몰아붙이는 것은 사령술사의 전형적인 수법이었다.

"하지만 군이 이렇게까지 조심해야 할 필요가 있는 건지는 잘 모르겠군. 아무리 천재라곤 하지만 고작 20대 청년에, 아직 7서클의 종사일 뿐이라 들었거늘."

워레인의 말에 수하 사령술사 중 1명이 조심스레 입을 열었다.

"그건 모르는 일입니다. 아크 리치 말로카께서 그자에게 패했다는 소문이……."

"그건 그자 혼자만의 힘이 아니지 않으냐?"

당시 말로카가 상대했던 제스트라드 탈환군엔 카르나크 말고도 다양한 강자들이 있었다.

자색급 오러 유저인 에란텔, 8서클의 마법사 테오데릭, 거기에 하토바의 특급 심문관 알리우스까지.

저들의 힘을 빌려 간신히 이겼을 것이 뻔하지 않은가?

하지만 그렇다고 명령을 거역하진 않는다. 어찌 되었건 결과만 좋으면 그만이니까.

"당연히 결과는 좋겠지요."

"정의를 부르짖는 킹스 오더 놈들이라면 선택지가 없을 테니까요."

다른 사령술사들이 킬킬대며 웃었다.

당황한 카르나크 일행이 화염지옥을 헤매는 꼬락서니가 눈에 선하다.

문제는 그로 인해 수많은 사람들이 목숨을 잃어 가고 있다는 것이지만…….

"어차피 테스라낙의 은총을 받지 못한 자들."

"나중에 죽으나 지금 죽으나, 무엇이 다르겠소?"

고작 몇 명을 제압하기 위해 이토록 끔찍한 일을 저지르고도 눈 하나 깜빡하는 이가 없었다.

그저 태연하게 사령술을 이어 간다.

"가라, 죽음의 노예들이여."

어둠의 기운이 은밀하게 검은 연기를 타고 흘렀다.

"혼돈에 휩싸인 산 자들을 우리의 신 앞에 무릎 꿇려라."

❈

복도 가득 붉은 화염이 창궐한다.

이글거리는 불길 사이로 푸른 오러가 작렬했다.

사슬검이 두꺼운 문짝을 부수자 거대한 화염이 일행을 덮쳤다.

콰아아앙!

재빨리 실드 마법을 펼쳐 일행을 보호하며 카르나크는 혀를 찼다.

"조심 좀 해, 바로스!"

방문이 부서진 순간 불길이 역류하며 더욱 커진 것이다.

뒤로 물러서며 바로스가 땀을 닦았다.

"어, 그냥 통로 만든다고 다 나갈 수 있는 게 아니네요?"

사실 화재 자체가 크게 까다로운 건 아니었다.

현재 카르나크 일행은 전원이 강력한 마법사이자 오러 유저.

마법과 오러로 전신을 보호한 뒤, 호흡 잠시 멈추고 눈앞의 모든 걸 다 때려 부수면서 돌진하면 어떻게든 불길을 뚫고 나갈 수 있을 것이다.

지금 이들이 등에 성인 장정을 2~3명씩 짊어지고 있지만 않았다면 말이지.

화재가 난 시점에 이미 2층 복도엔 10명이나 되는 저택 경비들이 나란히 쓰러져 있었다.

그리고 라피셀은 절대 저들을 버려두지 못하는 성품인 것이다.

-구해야 해요!

당연히 카르나크는 이해하지 못했다.

-쟤들까지 구하려다 우리도 위험해질 수 있는데?

하지만 그를 전적으로 믿는 라피셀은 오히려 웃었다.

-저를 시험하실 필요는 없어요, 카르나크 님. 제가 비록 어리긴 해도 뭐가 중요한지 모르진 않아요.

동시에 반짝거리는 눈으로 카르나크를 바라본다.

카르나크가 무고한 이들을 불길 속에 버리고 갈 리는 절대 없다는 철석같은 믿음이 담뿍 담긴 눈빛이다.

아무리 천하의 카르나크라도 저 눈빛을 마주하며 '이놈들이 죽건 말건 내가 무슨 상관이냐? 버리고 탈출해서 내 목숨만 챙기겠다!'라고 할 순 없었다.

결국 쓰러진 경비들까지 죄다 챙겨서 탈출하는 상황이 되어 버린 것이다.

'왜 경비병을 10명이나 놔두었나 했더니…….'

주위를 살피며 카르나크는 내심 한숨을 쉬었다.

저택 지키라고 배치해 놓은 게 아니었다. 짐 덩이가 되라고 일부러 갖다 놓은 것이다.

검은 신의 교단 입장에선 합당한 전략이었을 터였다.

카르나크는 세간에 정의로운 영웅으로 알려져 있으니, 눈앞의 무고한 죽음을 그냥 두고 볼 리 없다고 판단했겠지.

어이없는 착각인데 결과적으론 통한 셈이 되었다.

'세상일 한번 웃기게 돌아가는군.'

물론 사교도들조차도 경비들이 이 정도로 훌륭하게 역할을 수행하고 있을 줄은 미처 몰랐을 것이다.

저들의 예상은 어디까지나 카르나크 일행이 살아남은 경비 몇 명을 이끌고 화재 속에서 탈출하는 것이었으니까.

그런데 하필이면 죄다 머리에 마력 바늘이 꽂히는 바람에, 관용구가 아니라 실제로도 짐 덩이가 되어 버렸다!

'아오, 앞으로는 바늘도 상황 봐 가면서 꽂아야겠다.'

그 와중에도 테카스 저택은 활활 타오르고 있었다.

불길 여기저기를 살펴보며 카르나크는 인상을 썼다.

저택 경비들까지 함께 들고 나가야 하니 불길을 뚫고 가는 건 불가능하다. 결국 열기를 읽어 적절한 루트를 찾아야 하는데……

"어디로 가지?"

도저히 길을 모르겠다.

옆에서 세라티가 의아해하며 물었다.

[아니, 왜 처음 겪어 보는 것처럼 그러세요? 이런 일 자주

있었다면서요.]

[그야, 이런 일이 자주 있긴 했죠.]

바로스가 표정을 구겼다.

[우리가 남한테 불을 지르는 일은 말이죠.]

정작 자신들이 화재에 휩싸여 본 적은 없다.

세라티도 바로 이해했다.

'맞다, 이쪽이 악당이었지?'

카르나크의 적이라면 인류의 영웅들이었을 텐데, 멀쩡한 도시에 불을 지르겠다는 극악무도한 발상을 했을 리가 없겠지.

호흡을 고르며 레번 역시 눈살을 찌푸렸다.

"곤란하네요, 저도 화재를 겪어 보긴 처음이라……."

레번이나 세라티도 나름 경험을 쌓긴 했지만 그래 봐야 20대 초중반에 불과하다. 그리고 화재란 건 생각만큼 인생에서 자주 일어나는 일이 아니다.

그렇게 일행이 다들 혼란스러워할 때였다.

의외의 구세주가 나타났다.

"이쪽이에요!"

차분히 주위를 살핀 라피셀이 문득 복도 한 곳을 가리킨 것이다.

그 작은 몸으로 성인 장정을 둘이나 짊어진 채 빠르게 잔해 사이를 뛰어넘는다.

열기 사이로 빠져나가도 짊어진 이들에게 불이 옮겨붙지 않는다.

그렇다.

카르나크는 분명히 남에게 불을 많이 질러 봤다.

그런데 여기서 저 '남'이 바로 라피셀이다!

본인이 당사자이다 보니 기억이 없다 해도 본능적으로 그때의 경험에 따라 길을 찾아가는 것이다.

"잘했어, 라피셀!"

"살았구만!"

기뻐하며 다른 이들도 그녀를 따라 몸을 날렸다.

일렁이는 화염 사이를 빠르게 내달리며 라피셀이 계속 길을 안내했다.

"이쪽요!"

마침내 일행 전원이 테카스 저택을 빠져나왔다.

등 뒤로 굉음과 함께 건물이 무너지며 사방으로 불티가 튀었다.

콰르르르릉!

그러나 아직 끝난 건 아니었다.

채 숨을 고르기도 전에 눈앞 가득 언데드 군세가 모습을 드러낸다.

"으어어어……."

"크르르……."

저택 밖의 거리며 골목은 이미 좀비와 구울 등으로 가득 차 있었던 것이다.

등에 사람을 짊어지고 싸울 순 없으니 카르나크 일행은 경비들을 일단 땅에 내려놓았다.

하지만 이대로 버려두고 갔다간 기껏 구한 이들을 좀비 밥으로 주는 꼴일 터.

검을 뽑아 들며 라피셸이 각오 서린 눈빛을 발했다.

"죄다 쓸어버려야겠네요."

다른 이들도 검을 뽑았다.

레번이 카르나크에게 물었다.

"이 경비들, 언제쯤 깨어납니까?"

"10여 분쯤 남았다."

"자기 발로 도망칠 수 있을 때까진 지켜야겠군요."

목표를 발견한 좀비 무리가 일행을 포위하며 다가오기 시작했다.

투기를 뽑아 칼날에 씌우며 바로스가 중얼거렸다.

[거참, 안 하던 짓을 하려니 어색하네요.]

[마찬가지다.]

전언으로 대꾸하며 카르나크는 쓴웃음을 지었다.

[이 내가 상관도 없는 인간을 지키는 날이 올 줄은 상상도 못 했는데.]

붉은 검광이 춤을 추며 선두의 좀비들을 일제히 베어 간다.

날려 간 사지가 불구덩이에 처박히며 매캐한 연기를 피운다.

그 위로 푸른 사슬검이 질주한다.

투기의 사슬에 휘말린 스켈레톤들이 죄다 박살 나 뼈의 파편을 사방으로 내던진다.

전투의 결과는 뻔한 것이었다.

고작 하급 언데드에 불과한 좀비나 구울 정도에 이들이 당할 리가 있나?

하지만 일행의 표정이 마냥 밝지만은 않았다.

투기검을 휘두르는 레번과 세라티가 힘겨운 표정을 지었다.

"아, 숨찬다……."

"좀비보다 호흡곤란이 더 문제네요."

화염이 곳곳에서 소용돌이치고 검은 연기가 공중 가득 번지고 있었다.

그냥 이 자리에 서 있는 것만으로도 위험한데 격하게 움직이기까지 하니 더더욱 호흡이 가빠 온다.

그나마 다행인 점은 내내 이곳에서 버티고 있을 필요는 없다는 점이었다.

오러 유저들이 앞에서 막아 준 덕분에 강력한 마법을 준비할 충분한 시간을 벌었다.

완드를 내밀며 카르나크가 주문을 외웠다.

"아케인 스트라이크!"

백색 섬광이 불타는 거리 너머로 질주한다.

몰려든 언데드 군세 대부분이 마법의 빛에 휘말려 쓸려 간다.

콰콰콰콰쾅!

부서지는 건물과 타오르는 불길 사이로 길이 뚫렸다.

눕혀 놓은 경비 둘을 마법으로 허공에 띄우며 카르나크가 소리쳤다.

"사람들 챙겨! 이 자리를 뜬다!"

"넵!"

다른 이들도 경비들을 챙긴 뒤 몸을 날렸다.

1명의 마법사와 4명의 오러 유저가 각자 장정 2명씩 짊어진 채 불타는 거리를 횡단하며 계속 달린다.

앞장선 라피셀이 계속 길을 안내했다.

"이쪽이에요!"

기억 저편의 경험과 본능적인 감각에 힘입어 그녀는 꾸준히 불길 사이의 생로를 찾아내고 있었다.

그렇게 거리 하나를 지나치자 사방이 뻥 뚫린 공간이 나왔다.

평소 시민들이 물을 긷거나 빨래를 하는 우물이 위치한 광장이었다.

주위에 불이 옮겨붙을 건물이 없고 우물까지 있으니 화재의 피신처로는 최적인 곳이다.

과연 수십 명의 시민들이 몸을 피해 광장에 모여 있었다.

우물 주위에 모여 벌벌 떠는 노인들과 여인들 그리고 아이들.

그 너머로 전사며 마법사, 성인 장정들이 결연한 표정으로 몰려드는 언데드를 맞상대한다.

제대로 된 무기를 챙기지 못했는지 몽둥이며 쇠스랑 등 무기로 쓰기 힘든 것을 휘두르는 이들도 보였다.

언데드 군세의 포위망을 뚫은 뒤 카르나크 일행도 우물 근처로 향했다.

일행을 본 시민들이 놀라 물었다.

"다, 당신들은?"

일단 구해 낸 경비들부터 우물 근처에 눕혔다.

이들은 아직도 정신을 차리지 못하고 있었다.

경비들을 살피며 여인들이 놀라 물었다.

"아니……."

"무슨 일이 있었기에 이토록 깨어나지 못하는 거죠?"

경비병으로 일할 정도로 건장한 사내들이 이토록 혼절해 있는 경우는 정말 흔치 않다.

노인 중 1명이 치를 떨었다.

"무슨 짓을 한 거냐, 이 사악한 사령술사 놈들!"

무심코 레번이 카르나크를 빤히 보았다.

'의외로 틀린 말은 아니네?'

사악한 사령술사가 한 짓 맞지, 뭘.

어쨌든 경비들을 넘겨 간신히 짐은 덜었다.

하지만 이대로 광장을 빠져나갈 수는 없었다.

라피셀이 시민들을 구하겠다며 앞장서 움직이고 있었으니까.

"놈들을 막을게요!"

몰려드는 언데드 군세로 뛰어들어 붉은 투기검을 연신 휘두른다.

다른 전사들과 마법사들이 경악해 외쳤다.

"오, 오러 유저라고?"

"어떻게 저 나이에!"

그 와중에 틈틈이 광장 곳곳에 오러도 날린다.

어떻게든 불이 번지지 않도록 미리 손을 쓰는 것이다.

기억이 없음에도 오랜 경험을 바탕으로 그녀는 훌륭히 몸을 움직이고 있었다.

레번과 세라티도 무심코 비슷한 짓을 하는 중이었다.

눈앞에서 사람들이 위험에 빠져 있으니, 그냥 두고 달아난다는 생각 자체가 떠오르지 않는 것이다.

덕분에 달아날 생각밖에 없던 바로스와 카르나크, 두 인간

말종의 처지가 애매해졌다.

[역시 저게 사람답게 산다는 거겠죠?]

[그렇겠지?]

[그럼 우리도 따라 해야겠죠?]

[뭐, 그렇기는 한데…….]

인간답게 살아가려면 저들을 따라 해야 한다. 그건 안다.

하지만 곤란하다.

'이래도 되나?'

이건 왕년의 카르나크가 자주 쓰던 전법이었다.

고위 사령술은 마법과 구현 방식이 조금 다르다.

모든 준비를 갖춘 뒤 한 번에 최상의 결과를 내는 것이 마법의 메커니즘.

반면 사령술은 점진적으로 위력을 높인다.

이미 펼친 수법이 다음 술수의 양분이 되는 식으로 강해진다.

좋게 말하면 효율적이고, 나쁘게 말하면 사전 작업 없이는 최상의 결과가 나오지 않는다는 소리.

그래서 왕년의 카르나크도 적들을 상대할 땐 먼저 짐 덩이를 안겨서 손발을 묶어 놓고 시간을 끌었다. 그 후에 준비한 진짜 술법을 퍼부어 숨통을 끊곤 했다.

'제덱스가 노린 대로 흘러가고 있는데, 이거.'

검은 신의 주교, 사령술사 워레인은 옥상 아래쪽 거리를 바라보았다.

화재가 꽤나 커진 탓에 슬슬 불길이 이쪽까지 번지고 있었다.

"때가 되었군."

이 정도 언데드 군세로 카르나크 일행을 쓰러뜨릴 수 있을 거란 기대는 애초에 하지도 않았다.

강력한 사령결계일수록 파해당할 가능성이 크다. 그래서 소환 술식이 단순한 언데드로만 밀어붙일 수밖에 없다.

하지만 하급 언데드 군세는 술식이 단순한 만큼 위력이 약해서, 또 저들을 해치우지 못한다.

이를 해결하려면 어찌해야 할까?

테스라낙께서 지혜를 내려 주셨다.

"충분한 불과 죽음이 쌓였으니……."

워레인과 사령술사들이 일제히 지팡이를 들어 올렸다.

"지옥을 이 땅으로 끌어 올릴 차례로다."

거대한 어둠이 이들을 중심으로 퍼져 나가기 시작했다.

신탁을 통해 받은 위대한 어둠의 지혜가 강림하는 순간이었다.

꽝음이 터졌다.

쿠웅!

마치 뇌성과도 같은 거대한 소음과 함께 하늘 가득 번개가
번쩍였다.

동시에 불길이 더욱 크게 치솟았다. 붉은 강이 골목을 타
고 흐르기 시작했다.

화르르륵!

끔찍한 열기 속에서 흉측한 광소가 터져 나온다.

인간에게 본능적인 절망과 공포를 안겨 주는 웃음소리다.

으하하하!

하하하!

크하하하!

이내 거리 곳곳에 거대한 불의 악마들이 나타났다.

황금빛과 붉은색으로 물든 유황불로 뒤덮인 육신과 섬뜩
한 2개의 뿔, 시뻘겋게 물든 붉은 눈동자.

초열지옥의 악마, 나르타-핀드였다.

불타 죽은 시민을 숙주로 삼아 이 땅에 현현한 것이다.

또한 수많은 불꽃 임프와 화염귀 무리도 불 속에서 튀어나
왔다.

재가 된 좀비와 구울, 스켈레톤을 촉매 삼아 소환된 놈들

이었다.

하늘과 땅을 모두 덮어 가는 이 거대한 권능을 앞에 두고 카르나크는 오만상을 찌푸렸다.

"아, 역시."

이렇게 나올 줄 알았다.

알면서도 당하니 짜증도 좀 난다.

레번이 놀라 물었다.

"어떻게 된 겁니까?"

"이게 놈들의 진짜 노림수다."

화재를 일으키고, 언데드 군대를 이용해 촉매를 투입하고, 시민들을 죽여 악이 강림할 토양을 가꾼다.

그러면 이런 결과가 나오는 것이다.

"관용구가 아닌 진짜 불지옥이 이 땅에 강림하게 되지."

기껏 도망쳤는데 더한 지옥이 눈앞에 펼쳐졌으니, 간신히 살아남은 이들이 절망에 빠지는 것은 자연스러운 수순이리라.

"으어어……."

"여신이시여……."

"어째서 이런 일이……."

힘없는 시민들은 물론이고 전사들과 마법사들마저 공포에 젖어 간다.

시뻘겋게 일렁이는 주변 광경을 돌아보며 라피셀이 다급

히 물었다. 당황한 기색이 역력한 얼굴이었다.

"이, 이제 어떻게 해야 하나요, 카르나크 님?"

그에 비해 바로스는 태연했다.

"어쨌거나 저거, 사령결계 맞죠?"

사령결계라면 분명 카르나크가 처리해 주겠지 싶어서였
다.

그런데 대답이 기대에서 어긋났다.

"이미 파해했어."

"엥? 하셨다고요?"

"이 근처는."

바로스뿐 아니라 세라티와 레번도 주위를 둘러보았다.

여전히 거리는 불길과 악마로 가득하다.

"하나도 바뀐 게 없는데요?"

카르나크가 투덜대며 완드를 고쳐 쥐었다.

"그렇게 쉽게 풀릴 일이었으면 내가 인상을 구겼겠냐?"

지금 펼쳐진 술법은 나락초래, 아완 나라카(Aahwaan Naraka).

초열지옥을 이 땅에 강림시키는 흑마술이었다.

이 술법은 복잡한 이중 육망성의 복합 결계로 구성되어 있
다. 파해하려면 저 이중 육망성의 주축이 되는 부분을 일일
이 찾아가 해제해야 하는 것이다.

버튼만 누르면 결계가 꺼지는데, 그 버튼이 무려 12개인
셈이랄까?

"일부러 손 많이 가게 펼친 술법이란 소리지."

쓸데없이 사령력을 많이 투입해야 하는 만큼 굉장히 비효율적인 수법이다.

하지만 카르나크 같은 적을 상대하는 경우라면 꽤나 유용하겠지.

이 말은 즉······.

'저쪽도 나에 대해 조사를 많이 했다는 소리군.'

별로 신기할 건 없었다.

영지에 무려 아크 리치를 보낼 정도인데? 신경을 쓰고 있는 건 분명하다.

불길이 광장을 에워싸고 퍼져 오기 시작했다.

화염의 길을 따라 악마들도 서서히 거리를 좁혀 온다.

전투태세를 취하며 레번이 전언으로 물었다.

[그럼 대처법이 없다는 겁니까?]

카르나크가 입술을 삐죽였다.

[없긴 왜 없어?]

있긴 있다.

유구한 전통을 자랑하는, 그가 평생 뚝심 있게 지켜 온 대처법이.

[그냥 우리끼리 후퇴하면 되지.]

눈앞의 결계 일부만 해제해도 도주로는 만들어진다.

결계를 빠져나간 후라면, 나락초래의 악마들이 지들끼리

불을 피우건 물을 끼얹건 알 게 뭐람?

시민들을 버리기만 하면 아주 편하게 문제 해결이란 소리다.

순간 카르나크는 진심으로 생각했다.

'와, 버리고 싶다.'

어차피 불탈 도시, 어차피 죽을 목숨.

자신들이 여기서 위험을 무릅써 봐야 모두를 구할 수는 없다. 손 닿는 몇몇을 구하는 게 전부일 것이다.

[여기서 우리가 목숨을 걸어야 할 필요가 있을까? 보아하니 남들도 그렇게까지는 안 하는 것 같던데.]

세라티도 딱히 반박하진 않았다.

[그렇긴 하죠.]

여기서 시민들을 구하지 않았다 해서, 자기 목숨만 챙겨 달아났다 해서 과연 인간 이하의, 짐승만도 못한 존재인가?

솔직히 그 정도는 아니잖아?

[저도 그렇게까지 정의로운 인간은 아니라서 카르나크 님 말씀에 동조하고 싶긴 한데요…….]

쓴웃음을 지으며 그녀가 눈짓을 했다.

[진짜 좋은 사람의 생각은 다른 것 같네요.]

라피셀은 어찌할까 고민하지 않았다.

그녀는 벌써 악마들에게 뛰어들고 있었다.

"타아앗!"

기합을 터트리며, 날아드는 불꽃 임프들에게 투기검을 휘두른다.

다가오는 악마들을 해치우며 고함을 내지른다.

"카르나크 님, 이 틈에 시민들을 대피시키세요!"

그가 사람들을 구할 거라 믿어 의심치 않는 외침이었다.

"에휴……."

한숨이 나왔다.

하지만, 가슴 한구석에서 아주 살짝, 뭔가가 움직이는 것도 사실이었다.

"그래, 구한다, 구해!"

＊

광장을 포위한 악마들이 총공세를 펼쳐 왔다.

카르나크 일행도 전력으로 맞섰다.

광장 곳곳에서 마법의 빛이 번뜩이고 붉고 푸른 오러가 춤을 춘다.

악마의 피가 사방으로 튀어 불꽃이 피어오른다.

하지만 이대로는 승산이 없었다.

지켜야 할 이들이 너무 많았고, 악마들은 더 많았다.

'그러고 보니…….'

문득 떠오르는 게 있어 레번이 전언을 날렸다.

[예전에는 이런 경우 어떻게 했습니까?]

[말했잖아? 그냥 도망쳤다고.]

[카르나크 님 말고요.]

전생 때 이런 일을 저지르는 건 항상 카르나크 쪽이라 했다.

그렇다면 사태를 돌파한 건 미래의 대마법사나 무왕이란 소리가 된다.

[라피셀이라면 뭔가 했을 거 아니에요?]

카르나크가 눈을 깜빡였다.

비슷한 상황이 있긴 있었다. 상대가 라피셀은 아니었지만.

[레번, 너였지.]

[네?]

정확히는 카르나크에게 패해 데스 나이트로 몰락하기 전, 인류를 구하기 위해 활동할 때의 레번 스트라우스였다.

카르나크의 눈동자가 차분히 가라앉았다.

'가만있자, 레번이 그때 어떻게 했었더라?'

시대의 영웅

카르나크 일행의 분투 덕에 아직 광장은 함락되지 않았다.

하지만 사람들의 마음은 이미 무너진 것이나 다름없었다.

"아아……."

"아티마시여……."

시민들은 물론이고 이들을 지키기 위해 싸우던 전사들과 마법사들 역시 공포에 질려 굳어 있다.

좀비나 스켈레톤 같은 하급 언데드라면 모를까, 저런 고위 악마들 앞에서는 자신들의 무력 따위 아무 소용 없다는 걸 잘 아는 것이다.

그저 카르나크 일행을 바라보며 저들이 운 좋게 악마를 물리쳐 주길 기도할 뿐.

그때였다.

"필드 오브 마나 애로우!"

카르나크가 광역 마법 화살 비를 쏘아 내어 광장 서쪽을 크게 뒤덮어 갔다.

이 마법은 범위는 넓지만 워낙 속도가 느려 피하기 어렵지 않다.

악마들 대부분이 쉽사리 화살 비 범위 밖으로 나갔다.

하지만 카르나크는 오히려 웃었다.

'성공이군.'

애초에 그가 노린 건 악마들이 아니었다.

악마들의 소환 촉매로 사용되며 기존의 언데드 군세는 싹다 재가 되어 버렸다. 하지만 놈들이 들고 있던 무기까지 재가 되진 않았다.

여전히 광장 주위에는 스켈레톤 병사들이 들고 있던 창과 칼, 방패 등이 늘어져 있는 것이다.

거기에 마력 화살을 꽂아 넣는다.

"마킹!"

화살 비가 무기들 위로 쏟아져 접착된다.

곧바로 다음 마법이 이어진다.

"화살을 쓸어 가는 마력의 손아귀, 핸드 오브 스위프!"

거대한 회오리가 일어나 마력 화살에 접착된 각종 무기들을 허공으로 끌어 올렸다.

원래는 날아드는 화살들을 일제히 걷어 내는 방어 마법이
었다. 하지만 이런 식으로 운용하면 전장의 무기들을 대거
수거하는 방식으로도 쓸 수 있었다.

와장창!

이내 수십 자루의 칼과 창, 방패가 광장의 시민들 앞에 쏟
아졌다.

"이, 이건?"

의미를 몰라 사람들이 당황할 때였다.

쩌렁쩌렁한 외침이 모두의 귀를 때렸다.

"무기를 들어라, 하르톨의 시민들이여!"

마법으로 확성된 카르나크의 음성이었다.

"그대들의 소중한 도시를 악마들로부터 지켜야 하지 않겠
는가!"

시민들이 웅성대기 시작했다.

"우리보고 싸우라고?"

"저 악마들과?"

"말도 안 돼!"

저들은 저런 말을 할 수 있다.

뛰어난 마법사니까. 강력한 오러 유저니까.

악마들과 맞서 싸울 힘이 있는 자들이니까.

그에 비해 자신들은 아무것도 없는 벌레 같은 약자들일
뿐.

한 노인이 억울한 듯 소리쳤다.

"저런 끔찍한 악마들을 상대로 우리 같은 무지렁이가 뭘 할 수 있단 말이오?"

단호한 외침이 돌아왔다.

"발버둥 칠 수 있다!"

악마들이 계속 몰려온다.

"하염없이 구원만을 기다리지 마라! 스스로 일어나라! 살고자 발버둥 쳐라!"

목소리가 계속 울려 퍼진다.

"그리하면 내가 살려 주겠다!"

뜨거운 열기와 일렁이는 아지랑이, 불의 악마들로 가득한 도시 속 광장.

"나는 유스틸 킹스 오더 부단장, 카르나크 남작이다!"

이 불타는 지옥 속에서 그는 흔들림 없는 모습으로 모두에게 외치고 있었다.

"나를 따르라! 그대들에게 살길을 열어 주마!"

⁕

바로스가 중얼거렸다.

[오, 도련님. 레번 경 흉내 잘 내시네.]

레번이 떨떠름한 표정을 지었다.

[정말 제가 미래에 저런 낯간지러운 소릴 합니까?]

[네.]

바로스는 단호하게 대꾸했다.

저 모습을 가장 많이 본 이가 바로 자신, 무고한 시민들을 몰아붙이던 사악한 데스 나이트 로드였으니까.

[그리고 대부분 효과가 있었죠.]

덜컥.

누군가가 창을 쥐었다.

철컹!

누군가가 칼을 쥐었다.

"……!"

노인이, 여인이, 아이가 창을, 칼을, 방패를 쥐고 후들거리는 두 다리로 애써 일어난다.

악에 받친 포효가 터져 나왔다.

마음을 적시는 공포를 애써 털어 내려는 듯한 외침이었다.

"으아아아!"

그 모습에 상단의 전사들과 마법사들도 다시 일어났다.

일반 시민들이 저런 모습을 보이는데 싸우는 것이 업인 자신들이 가만히 있을 수는 없었다.

"우리도 따르겠소!"

"그래! 저 악마 새끼들!"

"모조리 죽여 버리겠어!"

잠깐 돌아가는 상황을 비웃듯 지켜보던 악마들이 다시 쳐들어오기 시작했다.

마법을 준비하며 카르나크가 외쳤다.

"선두의 기세를 끊겠다! 원진을 세워 대열을 지켜라!"

콰콰콰쾅!

파괴의 빛이 작렬하며 악마들의 대열이 흩어졌다.

산개한 악마들이 광장 사방에서 공격을 퍼부었다.

"크캬캬캬!"

"카아아아!"

전사들과 마법사들이 앞장서 공세를 막았다. 노인들과 아이들, 여인들도 뒤에서 무기를 휘두르며 대열을 꾸렸다.

"싸워라!"

"물러서지 마!"

"으아아아!"

혼란한 전투가 이어졌다.

솔직히 시민들이 가세한다고 유용한 전력이 되는 것은 아니다.

무지렁이가 무기 쥐고 일어났다고 없던 실력이 생기지는 않잖아?

그럼에도 저들이 일어나니 전황이 크게 변했다.

아까까진 그저 쪼그려 앉아 벌벌 떨기만 하던 짐 덩이들이었다.

하지만 지금은 능동적으로 움직이는 짐 덩이들이 되었다.

이것만으로도 지켜야 할 입장에선 부담이 크게 줄어드는 것이다.

전력이 되진 않지만, 도움이 되는 것은 틀림없다.

"타아앗!"

기합과 함께 라피셀은 달려드는 화염귀를 베어 넘겼다. 그리고 땀을 흘리며 웃었다.

'와, 진짜 싸우기 쉬워졌잖아? 역시 카르나크 님이셔!'

게다가 기대하지 못한 희소식도 있었다.

"으으……."

"대체 여기가 어디……."

슬슬 테카스 저택의 경비병들이 깨어날 때가 된 것이다.

일어난 이들이 주위를 둘러보며 당혹했다.

"아니, 이게 대체 무슨 일인가?"

마지막 기억이 저택 복도에서 침입자를 상대하던 것이었는데, 눈을 떠 보니 불타는 도시 한복판에서 악마들에게 포위되어 있다.

아무리 침착한 이라도 패닉에 빠지지 않을 수 없는 상황이었다.

시민 중 누군가가 그들에게 무기를 내밀었다.

"악마들이 도시를 습격했소!"

"네?"

"카르나크 남작님이 우리를 지켜 주고 계시오!"

"……네에?"

뭔 소리인가 싶어 그 카르나크 남작이란 작자를 보니, 몰래 야밤에 저택 담을 넘은 침입자가 아닌가?

도무지 이해가 안 간다. 마냥 혼란스럽다.

하지만 혼란은 오래가지 않았다.

"정신 차려! 악마들이 공격해 오고 있다니까!"

한 아낙의 날카로운 외침에 경비병들은 정신이 확 들었다.

그렇다.

예전 상황이야 어찌 되었건, 지금 누가 적인지는 매우 명확하다.

자, 저택 침입자 쪽을 보자.

작고 귀여운 소녀와 늘씬한 미녀, 그리고 인상 좋은 총각 둘에, 표정이 영 사납긴 해도 그럭저럭 잘생긴 청년 1명.

반대쪽은?

악마, 악마, 그리고 또 악마들.

결론을 내리는 건 전혀 어렵지 않았다.

"악마 놈들을 막아!"

10명의 경비들이 무기를 들고 합류했다.

"타아아앗!"

남들은 도망치고 싸우고 벌벌 떠느라 체력 소모가 이만저만이 아닐 때, 느긋하게 기절해 있었던 덕에 체력도 충분한 이들이었다.

이들이 참전하자 기울어졌던 전투의 천칭이 제법 원위치를 찾았다.

'이야, 쟤들 살려 두길 잘했네.'

계속 사람들을 지휘하며 카르나크는 빠르게 머리를 굴렸다.

아까와 달리 지금은 모두가 두 발로 일어서 있다. 이 경우엔 취할 수 있는 선택지가 하나 더 생긴다.

이젠 다 같이 도망칠 수 있는 것이다.

"이곳에 머물러 있어 봐야 죽음만이 있을 뿐!"

카르나크가 마법으로 목청을 키웠다.

"시민들이여, 부상자를 짊어져라! 안전한 곳으로 향하겠다!"

동시에 완드를 휘두르며 주문을 외운다.

"일어나라, 대지의 혼이여!"

불타는 광장 곳곳에서 땅이 솟구쳤다.

흙더미가 순식간에 10기의 골렘으로 변했다.

아까까진 그저 눈치 봐서 도망갈 생각뿐이었으니 골렘 소환 같은 마력 낭비를 할 이유가 없었다.

하지만 지금은 시민들이 전력의 일부가 되었으니 전술을 바꿀 수 있다.

"골렘들을 따라가시오! 전사들과 마법사들은 후미를 지키고!"

골렘 10기를 내세워 악마들을 물리치며 길을 뚫어 간다.

시민들도 허겁지겁 창칼을 휘두르며 뒤를 따랐다.

"다들 뛰어!"

"저 골렘을 따라가!"

주춤거리는 이들도 있었다.

광장에 피신한 이들 모두가 살아남지는 못했다. 죽은 시민
들도 상당히 많다.

가족의 시신을 버리고 도망치는 건 쉬운 일이 아니다.

"어, 엄마가……."

"내 아들을 버리고 갈 순 없소!"

이들까지 카르나크가 설득할 필요는 없었다.

"여신께서 네 어미의 영혼을 보살피실 것이다!"

"지금은 산 자가 우선이야!"

서로가 서로를 부축하며, 시민들은 광장을 벗어나 불길 저
편으로 향했다.

악마들의 공세가 이어졌지만 아까처럼 맥없이 당하지 않
았다.

적을 등지고 도망치는 건 강자의 짐이 될 뿐.

하지만 적을 뚫고 나아가는 건, 강자를 따르는 전력의 일
부가 되는 것이다.

사투 끝에 카르나크 일행과 시민군은 무사히 광장을 벗어

날 수 있었다.

한숨 돌린 바로스가 문득 물었다.

[도련님.]

[왜?]

[아까 테카스 저택에서 이 골렘들을 뽑았으면 경비병들을 쉽게 옮기지 않았을까요?]

[……그러게?]

골렘의 어깨에 올라탄 채 카르나크가 고소를 머금었다.

[사람을 구해 본 적이 없어서 그런가, 생각 자체가 안 떠오르더라.]

※

불타는 도시 한복판.

피와 비명과 절규가 메아리친다. 힘겹게 세운 바리케이드가 불타고 지옥의 악마들이 몰려온다.

"이제 끝이야!"

"어허허헝!"

무너진 건물 사이로 절망에 빠진 시민들이 눈물을 흘리던 바로 그때.

"나는 유스틸 킹스 오더 부단장, 카르나크 남작이다!"

구원자의 음성이 하늘 위에서 울렸다.

"일어나 싸워라, 하르톨의 시민들이여!"

무기가 주어지고, 방패가 주어지고, 나아갈 길을 알려 준다.

"나를 따르라! 그리하면 살길을 열어 주마!"

뒤이어 강력한 오러 유저들이 악마들을 물리친다. 거대한 골렘 무리 역시 시민들을 보호한다.

어찌해야 할지 몰라 혼란스러운 이들에게 명확한 지시가 이어졌다.

"여자들과 아이들을 피신시켜!"

"움직일 수 있는 자는 부상자들을 부축해!"

"두려워할 것은 없다! 여신께서 우리를 가호하신다!"

구원자는 그 누구보다 앞장서 가장 위험한 곳에서 악마들과 싸우며, 그 누구보다 침착하게 전황을 지휘하고 있었다.

그런 영웅적인 모습에 시민들은 다시 한번 일어섰다.

눈물을 닦고, 용기를 끌어내, 창과 칼을 쥐고 앞으로 나선다.

"카르나크 님을 따라라!"

"악마들을 물리쳐라!"

"으아아아!"

그렇게 카르나크는 도시 곳곳에서 사람들을 구하고 또 구했다. 그를 따르는 시민들의 숫자 역시 점점 늘어났다.

'그럭저럭 잘되고 있군.'

누군가를 지키는 행위엔 전혀 소질이 없는 그였다.

하지만 누군가를 부리는 건 충분히 익숙하다.

'이거야 뭐, 언데드 군대를 이끌 때와 똑같지.'

목표를 세우고, 전술적 움직임을 지시하고, 할 수 있는 이들에게 할 수 있는 일을 맡기고, 할 수 없는 일은 최대한 피하는 것.

그때와 다른 점은 손실을 최소화한다는 추가 목표뿐이다.

'죽을 사람은 어차피 죽어. 그렇다면 그 숫자를 최소한으로 줄이는 게 중요하다.'

아직까진 그럭저럭 잘되고 있었다.

모든 것이, 시민들이 순순히 그의 군대가 되어 주었기 때문에 가능한 일이었다.

"이번 레번 따라 하기는 효과가 꽤 좋군."

관자놀이를 긁으며 카르나크가 떨떠름한 얼굴로 중얼거렸다.

"대체 왜 이런 말에 선동되는지는 여전히 이해가 안 가지만 말이지."

델피아드의 무왕, 레번 스트라우스.

그 역시 카르나크에게 패하기 전까진 인류의 위대한 영웅 중 1명이었다.

라피셀과 마찬가지로 사람들을 이끌어 사령왕의 군세와

대적하며 카르나크에게 많은 골칫거리를 안겨 주곤 했다.

[다만 라피셀과는 타입이 좀 달랐어.]

라피셀은 사람들이 머리를 조아리며 '이끌어 주십시오, 따르겠습니다!'라고 추대하는 쪽이었다. 본인이 먼저 나서는 경우는 별로 없었다.

반면 레번은 '나를 따르라! 내가 이끌어 주마!'라고 소리치는 타입이었다.

[평민 출신인 라피셀에 비해 레번은 고위 귀족이었으니, 아무래도 차이가 있었지.]

스트라우스 공작가 출신인 레번은 용인술에도 제법 조예가 깊었다.

[그래서인지 사람들을 선동하는 재주가 탁월했어. 곤경에 빠진 사람들 앞에 동아줄 하나 드리워 주고 죄다 자기 부하로 삼아서 군대 만들더라니까?]

민간인들이 전력에 도움이 되고 말고는 중요한 문제가 아니다.

공포로 움츠려 있던 이들이 함께 싸우는 아군이 되는 것만으로도 행동의 제약이 크게 풀린다.

지켜야 할 대상이, 지킬 필요가 없는 대상으로 바뀌니까.

[은근히 음흉한 면이 있었지.]

카르나크의 말에 세라티와 레번이 황당해하는 표정을 지었다.

[에, 선동에 희생이요?]

[그게 음흉한 겁니까?]

현재 카르나크는 골렘 등에 올라타 시민들을 이끌고 불타는 거리 사이로 이동하고 있었다.

바로스와 세라티, 레번과 라피셀은 무리 외곽에서 악마들의 공세에 대비하며 경계 중이다.

음성으로 대화를 나누기엔 상당히 먼 거리.

하지만 은밀한 전언 마법이라면 이 정도 거리에서도 문제없이 이야기를 나눌 수 있다.

[사람들을 이끌어 살아날 길을 알려 줬잖아요?]

[그것도 솔선수범해서 제일 위험한 곳에 뛰어들면서까지.]

도시가 불타고 언데드 군대가 몰려오고 모두가 죽기 일보직전인 상황에서조차 자신의 목숨을 아끼지 않고 모두의 힘을 모아 악에 대항한다.

충분히 영웅다운 행적이 아닌가?

[그걸 그따위로 해석하시는 겁니까?]

레번이 고개를 절레절레 저었다.

[왜 카르나크 님이 그토록 욕을 먹었는지 알겠군요.]

조금 떨어진 곳에서 듣고 있던 바로스가 재밌다는 표정을 지었다.

'오, 레번 경도 슬슬 자기주장을 하기 시작하네?'

카르나크가 투덜거렸다.

[나도 다른 사람들이 저걸 영웅적인 행적이라고 생각한다는 건 알아. 그래서 레번을 따라 한 거고. 그저 이해가 안 간다는 거지.]

그러다 말고 문득 질문을 던진다.

[그러는 너희는 왜 이렇게 안 했냐, 그럼?]

[네?]

[나나 바로스야 원래 이런 놈들이니까 그렇다 쳐. 너흰 우리 같은 놈들이 아니잖아? 그런데 왜 이럴 생각을 못 한 건데?]

[그, 그것이⋯⋯.]

세라티와 레번의 말문이 막혔다.

왜 못 했는지는 간단하다.

내세울 게 없으니까.

이들과 카르나크는 처지가 다른 것이다.

세라티나 레번이 아무리 오러 유저라 해도 아직은 20대 초중반의 젊은 나이, 사람들 앞에 나서서 큰소리를 친들 발언력이 셀 나이가 아니다.

카르나크의 경우엔 뛰어난 마법사라서라기보다는 오히려 휘하에 오러 유저를 4명이나 부리고 있다는 점이 컸다.

달리 대안이 없는데 척 봐도 가장 강력한 세력이니 좋건 싫건 그의 지휘를 따를 수밖에 없지.

게다가 누군가를 책임져야 하는 역할이란 것도 문제였다.

아무리 오러 유저이자 킹스 오더라도, 모두를 이끈다는 생각은 쉽게 할 수 있는 것이 아니다.

수많은 목숨을 책임져야 하는데 그 부담감을 쉽게 감당할 수 있을까? 무의식중에 거기까지 생각이 미치지 않는 것이다.

물론 책임진다는 개념 자체가 없는 카르나크는 아무런 문제도 없었지만.

[아, 부담감을 느껴야 하는 거야? 그건 어떻게 느끼지?]

세라티는 희미한 한숨을 내쉬었다.

[어휴…….]

어째 슬슬 안쓰러워지기까지 하는 느낌이었다.

[왜 카르나크 님은 좋은 일 하고도 욕먹을 소리만 하시는 걸까요?]

검은 신의 주교 워레인과 그 수하들.

이들은 불길이 닿지 않는 곳으로 자리를 옮겨 초열지옥이 펼쳐진 하르톨 시티 남부를 바라보고 있었다.

미간을 찌푸리며 워레인이 중얼거렸다.

"생각보다 음흉한 놈이로군. 사람들을 선동해 고기 방패로 삼다니……."

누가 사령술사 아니랄까 봐 생각하는 게 카르나크랑 똑같다.

수하 중 1명이 물었다.

"어찌합니까, 주교님?"

원래 계획은 이대로 카르나크 일행을 초열지옥 속에서 최대한 탈진한 상태로 만드는 것이었다.

불의 악마들이 저들을 해치워 버리면 더 바랄 나위가 없고, 그게 아니더라도 지칠 대로 지친 상대라면 어렵지 않게 처리할 수 있을 테니까.

그런데 어째 상황이 예상 밖으로 돌아간다.

놈들이 하르톨의 시민들을 이용해 악마들을 효율적으로 상대하며 자신들의 체력을 보존하고 있는 것이다.

초열지옥이 펼쳐진 범위는 하르톨 시티 남쪽 일부분.

이대로라면 거의 지치지 않은 채 결계 지역을 벗어나게 될 터였다.

결계 밖으로 빠져나가 버리면 기껏 소환한 초열지옥도 무용지물이 된다.

"할 수 없군. 예정보다는 좀 이르지만……."

워레인이 청동으로 만든 뱀 지팡이를 쳐들었다.

"지금 움직이겠다!"

검은 가호가 수하들의 머리 위로 길게 드리워진다.

흥분한 사령술사들이 기도문을 읊기 시작했다.

"테스라낙께서 가호하시니!"

"그분의 사도에게 패배란 없으리라!"

⚜

카르나크 일행은 계속 불타는 도시를 오가며 사람들을 구했다.

사방에 흩어진 채 힘겹게 버티던 이들이 속속들이 합류하니 어느덧 시민군의 숫자도 백을 넘어섰다.

다들 그럭저럭 무장도 갖췄다.

아이도, 노인도, 여인도, 손에 칼이며 방패 하나씩은 들고 있었다.

전부 스켈레톤이 쓰던 무장을 카르나크가 거두어 나눠 준 것이다.

"악마들이 온다!"

"싸, 싸워라!"

"물러서지 마!"

물론 저들이 불의 악마들을 해치울 순 없다.

무지렁이가 칼 휘둘러 봐야 진짜 악마들 상대로 뭘 할 수 있겠나?

하지만 여러 명이 모여 대항하는 것만으로도, 칼과 방패를 든 이들이 대열을 이루고 악마들과 마주하는 것만으로도 효과는 충분하다.

전사들과 마법사들이 뒤를 걱정하지 않고 악마들을 공격할 수 있으니까.

"우리가 저놈들을 처리하겠소!"

"죽어라, 이 악마 놈들!"

등 뒤를 아군이 지켜 주니 온갖 화상과 부상 속에서도 전사들은 물러서지 않았다.

몰려드는 악마들의 기세가 점점 꺾여 나갔다.

뿔뿔이 흩어지지 않고 대열을 유지하는 것만으로도 오합지졸은 이렇게까지 강해질 수 있는 것이다.

사실 군대는 대열이 전부다.

어떤 상황에서도 대열을 유지할 수 있다면 그것만으로도 전투의 절반은 먹고 들어간다.

일견 불합리해 보이는 발 맞춰 걷기라거나, 차렷 자세며 경례 포즈를 통일시키거나 하는 것도 실은 이를 위한 사전 작업일 뿐이다.

시민군의 조직력이 생각보다 뛰어나자 악마들도 섣불리 뛰어들지 못했다. 대신 원거리 화력전으로 나섰다.

"크아아아!"

"카오오!"

불의 악마들이 창을 휘둘러 화염창을 던져 댔다.

불꽃 임프들도 아가리를 벌리고 연신 화염구를 토했다.

이건 마법사들이 막아 냈다.

"드리우는 순수의 권능이여, 마나 실드!"

마법 방어막으로 화염창을 빗나가게 만들며 카르나크가 소리쳤다.

"정면으로 막으려 하지 마시오! 그냥 비껴 흘리기만 하면 되니!"

화염구를 튕겨 내던 마법사 하나가 얼빠진 음성을 흘렸다.

"그럼 빗나간 화염구가 다른 건물로 날아갈 텐데……."

그리고 곧바로 다른 마법사들의 구박을 받았다.

"어차피 이 근처 건물들은 다 탔소!"

"빗나가건 말건 무슨 상관이야?"

"아, 맞다……."

몰려오는 악마들의 공세에 필사적으로 항전하며, 카르나크의 시민군은 계속 화재의 현장 바깥쪽으로 향했다.

드디어 불길이 좀 줄어들었다.

사방에 검은 연기가 가득한, 하지만 불길은 아직 크게 번지지 않은 또 다른 광장이었다.

광장 중앙의 우물을 바라본 카르나크가 눈을 빛냈다.

'여기는 우물물이 꽤나 남아 있군!'

이 정도로 촉매가 충분하다면 그간 쓰지 못한 마법도 구사할 수 있으리라.

완드를 치켜들며 주문을 외웠다.

"와라! 엘 아쿠아리아!"

우물에서 물기둥이 솟구쳐 광장으로 떨어졌다. 그리고 이내 거인의 모습으로 화했다.

일렁이는 물결의 피부를 지닌 정령 거인이 흐르는 대검을 움켜쥔 채 포효를 터트린다.

"우오오오!"

사방으로 물안개가 퍼지며 열기가 가라앉았다.

그렇게 사람들을 열기로부터 보호하며 정령 거인이 악마들에게 돌진했다.

굽이치는 불꽃 사이로 파고들어 수류의 대검을 휘두른다.

웅장한 참격이 범위에 닿는 모든 악마들을 일제히 썰어 버린다.

그뿐만이 아니다.

후려갈기고, 내려치고, 걷어차고, 움켜 들고 쥐어짠다.

콰쾅! 콰콰콰쾅!

폭발음이 연신 울려 퍼지며 열기와 수증기가 광장 전체를 뒤흔들었다.

죽어 가는 악마들이 비명을 내질렀다.

"커어억!"

"크악!"

촉매를 충분히 확보한 정령 거인의 위력은 엄청났다.

그 많던 악마들의 숫자가 눈에 띄게 줄었다.

'우리가 이기고 있어!'

'살 수 있다!'

희망이 모두의 눈동자에 빛을 드리울 때였다.

갑자기 서쪽 하늘에서 칠흑의 창이 날아들었다.

섬전처럼 날아든 창이 엘 아쿠아리아의 심장을 그대로 관통한다. 창이 꽂힘과 동시에 검은 가시가 사방으로 퍼져 나갔다.

아쉽게도 정령 거인은 그 가공할 내부의 폭압을 버텨 내지 못했다.

콰아아앙!

거인이 폭사하며 사방으로 물줄기가 비산했다.

라피셀이 놀라 고개를 돌렸다.

'단 한 방에?'

이제껏 상대했던 불의 악마들은 보이지 못했던 위력이었다.

바로스가 차가운 미소를 지었다.

'그래, 슬슬 숨어 있던 놈들이 기어 나올 때가 됐지.'

과연, 불타는 서쪽 거리의 일렁이는 화염 사이로 한 무리의 인간들이 모습을 드러냈다.

검은 신의 주교, 워레인과 그 수하 사령술사들이었다.

불길이 마치 생물처럼 저절로 갈라진다.

불길한 느낌을 강하게 풍기는 로브 차림의 사내들이 검게 탄 석조 바닥을 걸어온다.

선두에 선 중년 사내, 워레인은 카르나크 일행을 차례로 살폈다.

직접 본 적은 없지만 인상착의는 익히 알고 있었다.

"네놈이 카르나크 남작이로구나."

흑발 청년이 빙그레 웃으며 대꾸한다.

"오, 날 알아? 나도 꽤나 유명인이 된 모양이네."

유들거리는 그 모습을 노려보며 워레인은 내심 확신했다.

'역시 저 정도로 말로카 공이 패했을 리가 없다.'

전사는 무기를, 격투가는 주먹을 맞대기만 해도 상대에 대해 어느 정도 느끼는 바가 있기 마련이다.

워레인은 강력한 사령술사이자 6서클의 마법사였다. 마주하는 것만으로도 상대의 수준을 얼추 짐작할 수 있는 것이다.

자신보다 높은 수준의 마법사인 건 틀림없다.

하지만 8~9서클을 마주했을 때의 그 암담한 감각은 느껴지지지 않는다.

'높이 쳐줘 봐야 7서클 초입, 풍기는 마나의 기운을 볼 때

그 이상은 아니야.'

안심한 워레인은 지팡이를 내밀었다.

"그래, 인정하지. 무지렁이들을 이끌어 여기까지 데리고 온 건 제법이었다."

하지만 결국은 쓸데없는 짓이다.

같잖은 정의를 내세워 봐야 현실은 바뀌지 않는다.

"순진한 어린것들아, 너희에게 인생의 진리를 하나 알려 주마."

지팡이 끝에 달린 뱀의 동상이 두 눈을 붉게 물들였다.

"짐 덩이는 끝내 짐일 뿐이라는 것을!"

커다란 뱀의 환영이 광장 전역을 넓게 덮어 가기 시작했다.

"속삭여라, 현혹하는 티텐이여!"

사방에서 웃음소리가 들린다.

아하하하!

<u>오호호호!</u>

동시에 낯선 목소리가 울렸다.

나야.

내가 돌아왔어.

나 여기 있어.

아니, 낯설지 않다. 충분히 낯익은 음성이다.

아버지의 목소리였다.

어머니의 목소리였다.

연인의 목소리이자 아이의 목소리이며 친구의 목소리였다.

목소리의 주인들이 모습을 드러낸다. 공포에 질린 시민들 앞으로 사랑하는 이들이 걸어 나온다.

모두가 죽은 이들이었다.

죽어 사라진 이들이, 불타는 거리 위로 웃으며 다가오고 있었다.

사랑하는 이들이, 사랑스러운 모습으로, 미소와 함께 손을 건넨다.

같이 가.

나랑 함께해.

외로워.

나를 홀로 두지 마.

웃음이 울음으로 바뀐다.

아름답던 이들이 썩은 시체의 모습을 취한다.

죽은 이들의 비명과 탄식이 뇌리를 찔러 왔다.

아아아아!

으아악!

아아아아악!

불타 버린 건물이 춤을 춘다. 시야가 일그러진다. 거리가 줄어들고 늘어난다.

혼란스럽다.

어디까지가 현실이고 어디까지가 환각일까?

공포에 질린 시민들이 고통에 찬 비명을 내질렀다.

"으아아아아!"

현실과 환상의 경계가 무너졌다.

이성과 판단력도 사라졌다.

카르나크와 바로스는 인상을 썼다.

"이런……."

"사람들이……."

워레인의 술법에 당한 하르톨의 시민들은 혼란의 도가니에 빠져 있었다.

다들 어지러운 시선으로 주위를 두리번거리고, 허공에 손발을 휘저으며 알 수 없는 말을 외친다.

기껏 구축했던 대열이 무너지는 건 순식간이었다.

"역시 급조한 군대는 어쩔 수 없군요."

혀를 차는 바로스를 향해 카르나크가 쓴웃음을 지었다.

"사실 잘 훈련된 이들이라도 이런 경우엔 별 대책이 없긴 하지."

실제로 본인이 잘 훈련된 정예병들에게 환각 자주 걸어 봐서 잘 알고 있었다.

아무리 정예군이라 해도, 눈과 귀가 정상적으로 작동하지 않는데 어찌 오와 열을 유지할 수 있겠는가?

그나마 다행인 건 불의 악마들 역시 광장에서 거리를 벌리고 있다는 점이었다.

워낙 강력한 현혹술이다 보니 악마들 역시 술법에서 자유롭지 못한 것이다.

"이대로 자중지란이 일어나길 기다리고 있겠지?"

"그 전에 수를 써야죠."

악마들조차 두려워하는 현혹술인데도 카르나크와 바로스는 태연했다.

다만, 그 이유가 술법에 완전 면역이어서는 아니다.

"어우, 환각 잘 걸었는데요."

"그러게. 어지럽긴 하다."

두 사람 역시 걸리긴 걸린 것이다.

이상한 소리가 계속 들리고, 죽은 이들이 자꾸 눈앞에 어른거린다.

다만 워낙 익숙한 상황이다 보니 혼돈 속에서도 환영과 실체를 경험적으로 쉽게 구별할 수 있을 뿐.

[지옥 들락거리다 보면 흔히 겪지, 이런 건.]

[저도 도련님 따라다니면서 만날 당했고요.]

그리고 라피셀도 태연했다.

진짜 지옥은 들락거린 적이 없지만 '걸어 다니는 지옥'에게
는 자주 당했었으니까.

알 수 없는 환청이 연신 귓가를 맴돌지만…….

- 라피셀 님, 살려 주세요!
- 구해 주세요, 라피셀 님!

"흥! 허상일 뿐이야!"

정신을 집중해 소리를 선택적으로 분류하고, 환상과 실체
를 의식적으로 나눈다.

기억이 없어도 무의식 속에서 그녀의 영혼은 이 복잡한 과
정을 자연스럽게 이행하고 있었다.

"우리가 이까짓 환술에 당할 것 같아?"

당당히 외치며 라피셀이 동료들을 돌아볼 때였다.

'어머?'

세라티와 레번은 허둥대고 있었다.

"아, 아빠? 아빠가 어떻게 여기에?"

"어머니!"

둘 다 나비 잡는 어린애처럼 허공에 양손을 계속 허우적대
는데, 다른 시민들과 하등 다를 게 없어 보였다.

"세라티 언니? 레번 오빠?"

라피셀은 당황했다.

아직 어린 자신도 멀쩡한데 왜 다 큰 어른들이 저러고 있는 걸까?

카르나크가 미간을 짚었다.

[아이고, 저 인간들.]

바로스가 이해한다며 고개를 주억거렸다.

[하긴, 경험 없으면 헤매죠.]

강력한 환술은 개인의 정신력만으론 빠져나오기 힘들다.

카르나크가 정신을 집중하며 은밀히 사령력을 운용했다. 권속과 주인의 연결이 검은 권능을 옮기며 둘의 정신을 맑게 만들었다.

정신을 차린 세라티와 레번이 당황해 주위를 둘러보았다.

"어?"

"내, 내가 무슨⋯⋯."

카르나크가 전언으로 한마디 던졌다.

[정신이 좀 드냐?]

[어떻게 하신 겁니까?]

[너희들은 내 권속이잖아. 육체를 조작할 수 있는데 정신이라고 못 하겠어?]

섬뜩한 소리이긴 하지만 어쨌든 당장 정신을 차린 건 다행이었다.

아니면 오러 유저인 자신들이 다른 시민들처럼 날뛸 뻔했는데, 그럼 피해가 정말 지대했겠지.

안도의 한숨을 쉬며 세라티가 눈을 흘겼다.

[미리 좀 해 주시지 그랬어요?]

[설마 이 정도도 못 이겨 낼 줄은 몰랐지.]

[……]

저렇게 나오니 할 말 없긴 했다.

풀 죽은 그녀를 뒤로한 채 카르나크가 주위를 둘러보았다.

"그나저나 이놈들은 어디 갔지? 술법 걸고 그새 숨어 버렸네."

＊

워레인과 사령술사들은 광장에서 떨어져 상황을 지켜보고 있었다.

그가 펼친 환술, 현혹하는 티텐은 워낙 강력해 자신들도 범위 내에 있을 경우 술법에 걸려 버리는 것이다.

그리고 굳이 가까이 갈 필요도 없었다.

여기서 느긋하게 사람들이 자중지란을 일으키는 꼴을 감상하기만 하면 되니까.

"그래, 서로 죽고 죽여라."

카르나크 일행은 환술의 효과를 버텨 낸 것 같지만 다른 시민들은 아니다.

저들 눈엔 서로가 용납 못 할 악마, 혹은 죽은 자들로 비친다.

자신을 죽이려 달려드는 괴물들 앞에서 시민들이 과연 어찌 나올까?

그냥 죽어 줄 리는 없겠지.

결국, 자기 손으로 지키려던 이들을 자기 손으로 죽이고 절망에 빠지는 수밖에 없다.

"절망하며 피를 흘려라, 이단자들아!"

워레인은 통쾌하게 웃었다.

"그 모든 것이 우리의 신께 바치는 제물이 될지니!"

⊹※⊹

혼란에 빠진 사람들이 멋대로 날뛴다. 사방에 무기를 휘두르며 고함을 지른다.

"으아아!"

"주, 죽어!"

"오지 마!"

곳곳에서 피가 흐르고 비명이 터졌다.

차라리 비무장이었다면 이렇게까지 심하진 않았을 것이다.

하지만 창과 칼은 아이가 휘둘러도 인간을 찌르고 벨 수 있다.

엉망으로 휘둘리는 칼날 앞에 점점 부상자가 늘어만 갔다.

"안 돼!"

라피셀이 다급히 시민들 사이로 뛰어들었다. 다툼을 말리기 위해서였다.

레번과 세라티 역시 곧바로 중재에 나섰다.

정신없이 사람들 사이를 오가며 무기를 떨어트리고 발로차 서로를 밀어낸다.

하지만 거의 100여 명에 달하는 숫자 앞에서 고작 3~4명으로는 그리 큰 효과가 없었다.

힘에 겨운 라피셀이 분노로 치를 떨었다.

"이 간악한 놈들이!"

그 모습에 바로스는 생각했다.

'아, 나도 치를 떨어야겠다.'

좋은 사람은 따라 하고 볼 일이랬다.

그 역시 화난 척을 하며 함께 사람들을 떨어트려 놓았다.

그러면서 몰래 전언을 보낸다.

[이제 우짭니까?]

이런 상황에서 미래의 레번 경이 어떻게 대처했는지는 바로스도 알고 있지만…….

[그건 우리가 할 수 있는 게 아니잖아요.]

카르나크도 난감해하는 얼굴이었다.

[그러게 말이다.]

델피아드의 무왕, 레번 스트라우스는 여신교의 힘을 빌렸다.

이런 일이 벌어질 때마다 성직자들의 기도와 성가를 통해 혼란을 잠재우고 현혹술을 풀었다.

하지만 지금은 그런 성직자가 없지.

[사령결계 파해는요?]

[진작 시도해 봤지. 안 되더라.]

슈트라프 주교 때와는 뭔가 달랐다.

분명 결계 위에 덧씌우기를 했는데도 어둠의 기류가 아무 지장 없이 흐르고 있었다.

워레인이 뛰어난 사령술사라기보다는 술법 자체를 누군가가 다시 개조했다고 봐야 할 것 같았다.

그것도 카르나크에 필적하는 뛰어난 술사가.

'역시 테스라낙이 한 짓인가?'

계속 은밀하게 사령력을 운용하며 카르나크는 인상을 썼다.

'아, 이거 참 사람답게 살기 힘드네.'

사실 이걸 해결하는 진짜 쉬운 방법이 없지는 않다.

시민들 싹 다 죽여서 언데드로 일으켜 세우면 되거든.

물론 카르나크도 슬슬 그러면 안 된다는 것 정도는 이해하고 있었다.

'환각 거는 건 자신 있는데, 푸는 건 신경을 써 보질 않아서…….'

투덜대던 카르나크가 문득 눈을 깜빡였다.

'어라? 잠깐.'

생각해 보니 자신의 전공을 살릴 방법이 있긴 했다.

'이러면 되겠는데?'

황급히 그가 완드를 높이 쳐들었다.

"속삭여라, 교활한 난둥(nandung)이여!"

어마어마한 어둠과 죽음의 기운이 그를 통해 쏟아져 나왔다.

아주 대놓고 사령술을 써 버린 것이다.

'……카르나크 님?'

라피셀이 놀라 눈을 깜빡였다.

'사법의 중개자인가? 하지만 그거라고 보기엔 너무 사령술 같은데? 게다가 굳이 이 상황에서 마법을 사령술로 위장해야 할 이유가 있나?'

그녀가 혼란해하건 말건 카르나크는 계속 힘을 떨쳤다.

검은 안개가 혀를 날름거리는 거대한 뱀의 환영으로 변해 사방을 뒤덮어 갔다.

샤아아아!

워레인이 펼쳤던 술법과 흡사한 광경.

다만 사이즈가 좀 다르다.

아까의 뱀이 살모사라면, 이번 놈은 구렁이쯤 되겠다.

'내가 사람 구해 주는 건 문외한이 맞지만……'

사방에 술법을 드리우며 카르나크는 회심에 찬 미소를 지었다.

'남들 방해하는 쪽은 또 전문가거든!'

무형의 기운이 광장 전체에 휘몰아쳤다.

환영 위에 환영이 덧씌워진다.

환청 위에 환청이 중첩되어 쌓여 간다.

"받아 봐라! 환술 돌려막기다!"

손을 뻗어 오는 끔찍한 형상의 죽은 자들.

그들이 입을 열어 기이한 음성을 토한다.

가티티티티 가가가가가……

나랑함함함께우에우웨우……

외롤외롤외롤외롤……

나홀두나홀두나홀두……

아까까진 분명히 비탄의 목소리였는데, 지금은 뭐라는 건지 모르겠다.

형태 또한 마찬가지였다.

죽은 자들, 일그러지는 거리의 모든 것이 지직거리며 그 너머 현실의 모습이 겹쳐진다.

시민들이 하나둘 정신을 차렸다.

"에⋯⋯."

"이, 이건⋯⋯."

"그냥 헛것이었나?"

두 환술이 서로 얽히자 현혹 효과도 빠르게 줄어든 것이
다.

여전히 시야는 어지럽고 소음도 심하다. 하지만 적어도 아
까처럼 뭔가에 홀린 듯한 느낌은 사라졌다.

바로스가 고개를 끄덕였다.

[이것도 따져 보면 사령결계 파해네요?]

[기본 원리는 같지. 과정이 좀 더 복잡하긴 하지만.]

카르나크가 시민군에게 지시를 내렸다.

"서로 어깨를 붙이고 모인 뒤 바깥쪽으로 창칼을 겨누시
오!"

혼란스러운 와중에도 시민들은 똘똘 뭉쳤다.

아까처럼 질서 정연하진 않지만 그럭저럭 원진이 복구됐
다.

환술이 거두어지며 워레인과 사령술사들 역시 도로 모습
을 드러낸다.

기껏 펼친 술법이 무용지물이 되자 워레인이 놀라 소리쳤
다.

"도대체 무슨 짓을 한 거냐?"

"말해 준다고 이해할 정도면 네놈이 제덱스 밑에 있지도 않았을걸."

태연한 카르나크의 대답에 워레인의 눈빛이 가라앉았다.

"역시, 그분에 대해 알고 있었구나……."

그렇다면 결코 살려 보낼 수 없다. 반드시 이 자리에서 저들을 처리해야 한다.

워레인이 사령술사들에게 눈짓을 보냈다.

"오러 유저들을 상대해라."

그리고 지팡이를 짚은 채 카르나크를 노려보았다.

"저놈은 내가 맡겠다."

다음 권으로 이어집니다